KEITAI
SHOUSETSU
BUNKO
野いちご SINCE 2009

妄想ラブレター

浪速ゆう

スターツ出版株式会社

生まれて初めて書いたラブレター
　　そこに書いた言葉は
　　　偽りかもしれない
　　　偽物かもしれない
　　　妄想かもしれない

　　　　だけど

　　　　それでも

　　　あたしが綴った
　　正真正銘のラブレターだった

contents。

第1章　近距離ラブレター

* 席替え　　　　　8
* 暇つぶし　　　　17
* 恋文遊戯　　　　28

第2章　架空ラブレター

* 返事　　　　　　44
* スイーツ　　　　62
* 歌　　　　　　　83

第3章　空想ラブレター

* 変化　　　　　　98
* 距離　　　　　　109
* 恋？　　　　　　124

第4章　幻想ラブレター

＊手紙　　　　　　　　136

＊デート　　　　　　　143

＊好きな人　　　　　　156

第5章　妄想ラブレター

＊離れ離れ　　　　　　190

＊突きつけられた現実　205

＊ラブレター　　　　　224

after story

＊終わりとはじまり　　258

＊想い、想われ　　　　274

あとがき　　　　　　　314

第1章
近距離ラブレター

＊席替え

「席替えするぞー」

　担任のかったるそうななんともやる気を感じさせない声を皮切りに、3ヶ月に一度の席替えが始まった。

　正直、あたしだってかったるい。

　だいたいなんでそんなに席替えするんだろう？

　その意図も、意味もわからない。

　席替えの度に机を動かさなくちゃならないし、そういう時にかぎって置き勉しまくってるからやたら机が重たいし。

　埃(ほこり)は舞うし、ついでにうるさいし。

　でもまっ、今回は一番うしろの席だしラッキーかな。

「あ〜、気持ちいいなぁ」

　太陽の光がポカポカだぁ〜。

　この席いいな。

　窓際だし、今の季節にはちょうどいい。

　むせるような夏の暑さも、うるさいセミの声も、すべて置きざりにして季節は夏から秋へと移りかわろうとしていた。

　あたしはこの季節が一番好きだ。

　涼(すず)しくなっていく季節に少し寂(さび)しさを感じながら景色を楽しめるし、なによりごはんもおいしいし。

　ガタッ、というイスを引く音が机を伝って耳に響く。

　あっ、前の席に誰かやってきた。

　伏(ふ)せていた顔を上げるとそこには……。

「今日からよろしく」
　そう言ってニコニコとお日様みたいに笑う瀬戸くんがいた。
　窓に背を向けて、顔はあたしのほうを向いて。
「前の席、瀬戸くんなんだ」
「みたい」
「そっか、よろしく～」
　あたし達が高校生になって半年。
　そしてこのクラスにも同じだけの時が流れていた。
　けど、瀬戸くんとはあまり話したことがない。
　だから半年経った今もちょっとだけ距離を感じている。
　そしてそれはたぶん、瀬戸くんも感じているに違いない。
　なんとなくだけど、瀬戸くんもあたしと会話する時、ちょっと探っている感じがするし。
　太陽の光は瀬戸くんの茶色い髪をより一層明るく輝かせている。
　あたしは、そんな姿をぼーっと見つめる。
　こんなに近くでこんなに長く、瀬戸くんを見つめるのは初めてだから、なんか貴重だった。
「おっ、ツヤコ。なんだよ、一番うしろの席とかいいなぁ」
　そう言って近づいてきたのは中学からの男友達、"カン"こと草野勘太郎。
「ふっふっふ。日頃の行いってやつでしょー。そういうカンはどこの席よ？」
「おれ？　おれは………教卓のまん前」

「へぇー。よかったねぇ、昼寝するにはもってこいじゃん」
　平静を装ってそう言ったけど、堪えきれずあたしはプッと噴きだしてしまった。
　だって教卓の前なんてあたしなら絶対嫌だし。
「てめ、このっ、バカにしてるだろ！」
「当たり前でしょ」
「しばくっ！」
　カンの腕があたしの首に巻きついて、そのまま一気に絞めあげられた。
　く、くるしい……！
　声を出すことすらできず、あたしはカンの腕を思いっきり叩く。
「どうだ参ったか」、なんて声が聞こえたかと思ったら、あたしの首を絞めていた腕はゆっくりと解かれた。
　息ができるようになったから、すかさずカンの足を思いっきり踏みつけてやった。
「いっ！」
　案の定、カンは飛びはねるように声を上げ、恨めしそうにあたしをにらみつけた。
「痛くない痛くない。男の子でしょ？」
「ツーヤーコー！」
　ふたたび忍びよってきたカンの腕をサラリとかわした瞬間、瀬戸くんと目が合った。
「ふたりって、ホント仲いいよな」
「おっ、アキじゃん！　なんだよお前、そこの席なのかよ。

いいなぁー」
　心底うらやましいといった様子のカンと瀬戸くんの顔を見つめながら、あたしは口を開く。
「アキ？」
　なにその女子みたいな名前。
　瀬戸くんてそんなかわいい名前だったっけ？
　そんな疑問が顔に表れていたのだろう。
　今度は瀬戸くんの首に腕を巻きつけながら、カンは言う。
「瀬戸文章。フミアキだからアキ、な！」
　ふーん。なるほどね。
「なぁアキ。おれと席交換しねぇ？」
「しない」
「薄情者め！　お前がそんなヤツだとは思わなかったぞ！」
「はいはい、おれは薄情者だ。だからお前はさっさと席に戻れよ」
「なんだよ。冷てぇなー」
　いつもならそんなことを言われて引きさがるようなカンじゃないけど、ちょうどタイミングよく１時間目が始まるチャイムが鳴った。
　カンは「ちぇっ」っと舌打ちしながら、しぶしぶ席に戻っていった。

「秋月さんって同じ中学なんだよな？」
「……へっ？」
「違った？　勘太郎と同じ中学だったんだろ？」

「ああ。うん」
　突然なんの話かと思い戸惑ってしまった。
　そんなあたしの反応を不思議そうに見つめながら、瀬戸くんは壁に背中を預けてあたしのほうを向いている。
　あっ、瀬戸くんて意外とまつげ長いんだ。
　眉毛の形も弓を描いてて凛々しいなぁ。
　手入れとかしてるのかな？
　ううん、たぶん天然ものなんだろうな……。
　ってか、左目の下に泣きぼくろがあるんだ。
　目の下にあるだけなのに、なんか色っぽく見えるのはなんでだろう。
　なんてことを考えていると、不思議そうな表情をした瀬戸くんがあたしの顔をのぞきこんでいた。
「んっ？　……おれの顔、なんか付いてる？」
　その言葉にハッとして、机を抱きしめるように寝そべっていた体を起こした。
「ううん！　なんも！」
「……そっ？」
　瀬戸くんは不思議そうな顔をして首を傾げた。
「そういや秋月さんって、勘太郎と付き合ってんの？」
「…………は？」
　支えていた腕から顔がガクンとずりおちた。
　だって瀬戸くんが急におかしなことを言うから。
「なんでそんな発想になるの？」
「だって、ふたりは仲いいじゃん」

たしかに仲いいけど……。
「そりゃ友達だし。でもそれとこれとはべつでしょ」
「そうなんだ？　付き合ってるんだとばかり思ってた」
　いやいやそこまで仲いいかなぁ……？
　腐れ縁だし、中学からの友達だし。
　気心だって知れてる。
　けど、これくらいべつに普通でしょ？
「……そういう瀬戸くんこそどうなのよ」
「どうって？」
「彼女」
　瀬戸くんはこっちが驚くくらい目を見ひらいて、黙りこんでしまった。
　まるで言葉を忘れてしまったかのように。
　ってかあたし、そんなにびっくりされるようなこと言った？
「……いや、いない」
　瀬戸くんは茶色い髪をくしゃりと掴んでそう言った。
「なんだ、そっかぁ〜。もう高校生なんだし、お互い青春を謳歌しないとねー」
　なんて、あくびを噛みころしながらあたしはそう返した。
　昨日は遅くまでマンガを読んでいたせいですごく眠い。
　しかも今日は日差しが暖かくて、絶好のお昼寝日和。
　だからとても眠い。
「なぁなぁ」
　机に突っぷしてすぐに、前の席から瀬戸くんが声をかけ

てきた。
「んー？」
　あたしは顔を上げず、言葉だけで投げ返す。
　瀬戸くんってこんなにおしゃべりする人だっけ？
　いや、今までは遠目でしか見たことなかったから知らなかっただけで、実際はこういう人なのかも。
「……背の低い男子って、どう思う？」
「……はい？」
　あたしは思わず顔を上げた。
　なんの話だと、そう思って。
　瀬戸くんはふたたび髪をくしゃりと握りながら、目を泳がせてさらにこう言った。
「女子ってやたら男の身長気にするだろ……？」
　それって、気にしてるのは女子ではなく、瀬戸くんなのでは？
「……っておれの周りの男子はそう言って気にするヤツが多くてさ」
　あっ、ごまかした。
　自分を外して言ってるけど、これって絶対瀬戸くんのことだと思う。
　瀬戸くんは男子の中ではかなり背が低い。152cmしかないあたしとあまり目線は変わらないし。
　でも、さすがにそんなこと突っこめるわけなくて……。
「あー、どうだろ？　人によるんじゃない？」
　なんてどんな顔して言ったらいいのかわからない。だか

ら今のあたしはきっと変な顔をしているに違いない。
「そっ、そっか……」
「そうそう。人によると思うよ。だから瀬戸くんも大丈夫だよ」
　あっ、最後の言葉は余分だった。
　だけどそう思った時にはもう遅い。
　瀬戸くんはすでにジトッとした目であたしを見ている。
　ちょっぴり非難するかのように。
「あっ、えっと〜……。だから、その〜」
　フォローの言葉が見つからない。
「……瀬戸くんが」
　でもなにか言わなくちゃ。
　えっと、ええっとぉ。
「背が低いっていう話でしょ？」
　……さらに追いうちかけてしまった。
　あたふたと視線が泳ぐ。
　教室内をぐるりと見わたして、なにか話題になるものはないか。代わりになるネタはないか。この空気をどうにかしてくれるものはないか。
　そう思って探してみるけれど、そんなものは見あたらない。
「……まぁ、さ。あたしはいいと思うよ、うん！」
　もー黙れ。
　半年経ってちゃんと話すの初めてだったのに……、なんか、あたしもう終わった？
　相変わらずジトッとした目であたしを見てるよ。

こわいよ。
　あー、せっかく居心地いい席だったのになぁ。バカだよ、あたし。
「……ふっ」
　……ふっ？
　こぼれでた吐息の意味をたしかめるため、顔を上げた。
「なかなか言ってくれるじゃん」
「ごっ、ごめん……」
　気まずそうにするあたしを見て、今度は「ははっ」っと声を立てて笑っている。
　……あれ？
　怒ってない？
「秋月さんって、よく思ったこと口にしすぎだって言われるだろ？」
「う～ん……。だね」
　さすがに否定はできない。
「ははっ、だろーな」
　なに？
　さっきから笑ってるけど……、怒ってないの？
　怒ってないならいいけど、でもこれはこれでバカにされているみたいで、ちょっと気分が悪いんだけど。
　なんか瀬戸くんって、今まで思ってたのとイメージが違うかもしれない。

＊暇つぶし

「なぁ、秋月」
「んー？」
　あたしはただ今、机に抱きつくようにして仮眠中。
　人がせっかく次の授業までの貴重な休み時間を寝ようと思ってるのに、いつもこうやって声をかけてくる前の席のクラスメイト。
「いつもそうやって寝てるよな」
「だって眠いじゃん」
「いや、寝すぎだろ。毎休み時間そうしてるし」
「わかってるなら寝かせてよ」
「だって暇じゃん、おれ」
　知らないよ、そんなの。
「カンと話してくればいいじゃん」
「席移動するのめんどくせー」
　ホントにあたしが知ったことじゃないし。
「ちっ」
　おっと。
「あっ、今舌打ちしたな？」
「してません」
「嘘つけ」
「してないってば」
「いやいや、がっつり聞こえたし」

もー、うるさいなぁ。
「ちっ」
「あっ、ほらまた」
「舌打ちじゃないし。口笛だし」
「ははっ、そんな口笛あるのかよ」
「ありますぅ〜。ちっちっちっ……」
「あっはっは！　それ、やっぱ口笛じゃねーし、まちがってるし」
「もーうるさいなぁ。寝れないって言ってんでしょ」
　そんなことを言いながら、あたしは顔を上げて笑った。
　気がつけば、この席になってもうすぐ１ヶ月が経とうとしていた。
　半年間会話という会話をしたことがなかったクラスメイトの瀬戸くん。
　けれど、いつしかお互いを呼びすてで呼びあうほどの仲になってた。
　話してみると彼はとても気さくで明るい性格だった。
　思っていたよりも話しやすくて、毎日こうやってなにかしらちょっかいをかけてくるけど、それもべつに嫌じゃない。
　なんだかんだ言ってちゃんと空気は読んでくれるし、意外にも彼との会話は楽しかった。
「なぁ、秋月」
「なによ？」
「秋月って苦手教科なに？」
　苦手教科？　そんなの聞いてどうするんの？

「なに、突然」
「おれさ、どーしても国語が苦手なんだよなぁ」
「へー、そうなんだ」
　まぁ、あたしも国語苦手なんだけど。
　というか国語だけじゃなくて、5教科全部苦手なんだけど。
「たしか次の国語って、古文だろ」
「あーだったねぇ。考えただけで眠くなるなぁ」
　思わずあくびがこぼれた。
「秋月は休み時間だけじゃなく、授業中も寝てるだろ。おれ、知ってるんだからな」
　ぎくり。
「寝てない」
「嘘つけ。この間寝息聞こえてたぞ」
「それはあれ…………、鼻歌だから」
「ははっ、秋月ってアホだろ」
　ええ、アホですとも。
　おっしゃるとおり、授業中も寝てるし。
　国語って、話聞いてるだけで眠いのに、古文は教科書見てるだけでも眠い。
　だって意味わかんないことが書いてあるんだもん。
　眠くなってもしかたないでしょ。
「そんなんで、テスト大丈夫なのか？」
「うっ……、それは言わないで」
「ちゃんとノート取ってるのか？」
「んー……？」

「……取ってないな？」

ご名答。

「大丈夫。困った時はカミ様カン様ホトケ様、ってね。あいつ、教卓の前の席だからノートはちゃんと取ってるだろうし、写させてもらうから」

あたしの返答に、瀬戸は表情を曇らせる。

なに？　人の力を借りちゃいけないなんて、親父くさいこと言う気じゃないでしょうね……？

「勘太郎のノート、絶対読めないぞ。あいつ死ぬほど字が汚いからなぁ」

そう言って、瀬戸は教卓の前で男子とふざけあうカンに視線を送る。

昨日テレビで見たプロレスのマネごとでもしてるのだろう。

男同士で技を掛けあって爆笑している。

高校生にもなってプロレスって……。

カンは高校に入ってすごく背が伸びた。元々170㎝台だった身長はこの半年で10㎝近く伸びたと言っていた。

たぶんまだまだ伸びると思うけど、それは見た目の話だけで、中身は中学からなにひとつ成長していない。

いやたぶん、小学生の時もあんな感じだったんじゃないかな。

「そーいえばそうだった。カンのノートはいつもミミズが這ってたっけ」

あたしの言葉に「はははっ」と、瀬戸は笑う。

お日様みたいな笑顔で笑ったあと、なにかを思いついたみたいで瀬戸は口もとをほころばせた。
「そうだ！　なぁ、秋月」
「んー？」
「おれと、文通しない？」
「…………っは？」
　文通？
　今、文通って言った？　言ったよね？
　でも、それって……あの？
「ほら、文章書くと国語の勉強にもなるだろ？」
　うーん、それはどうかなあ。
　ってかそれ以前に。
「なにそれ。めんどくさい」
「なんだよ。ノリ悪いなぁ」
　そりゃそうでしょ。
「だいたいなんで文通？　この距離で手紙書く意味もわかんないし、そもそも手紙じゃなくたってメールとかSNSとかべつの手段があるじゃん」
　ガタッと椅子を動かし、背もたれを抱きしめるみたいに座った瀬戸は、あたしをまっすぐ見すえて言う。
「わかってねーなぁ。手紙だからいいんじゃん。今のご時世、なんでもケータイだスマホだって言われるネット社会にあえて逆走する。そこにロマンを感じるだろ？」
「感じない」
「おいおい」

瀬戸は、ドン、とあたしの机に拳を叩きつけた。
　まるでテレビの中で新しい政策について熱弁をふるう政治家みたいに。
「手紙を書くことで、普段忘れがちな漢字だって思い出すし、脳にだっていいんだぞ？」
　瀬戸ってば、さっきからちょいちょい親父くさいこと言うよね。
「それになにより、画面上に打ちこまれた文章よりも、人の手で書いた手紙のほうが想いは伝わるだろ？　同じ文章でも手間をかけて書かれた本人の肉筆のほうがもらったらうれしいじゃないかよ」
　それはそうかもしれないけど。
「でも、だからってそれをあたしと瀬戸でやる意味がわからない」
「それは、おれの暇つぶしにだな……」
「却下」
　あたしはそんなに暇じゃないから。
　そう思ってふたたび机に伏せって眠りに入る体勢を整えた。
　瀬戸とはだいぶ打ちとけてきたと思っていたけど、この席になってまだ１ヶ月。
　これくらいの期間では、瀬戸のことを理解するのは難しかったみたい。
　瀬戸という人間は、やっぱり未知の生物だ。
　けっこうわかってきたかと思っていたけど、知りえた情

報はまだまだ氷山の一角だったみたい。
「待て待て。ここからが本題だ」
あたしの体が揺れる。
それは、瀬戸が机ごとあたしを揺らしてるせい。
ガタガタとうるさいし、体が揺れるたびにあたしのセミロングの髪が鼻先をくすぐってすごくかゆい。
「タダでとは言わないから。おれが取ったノートで手を打つってのはどうだ？」
「なにそれ？」
「秋月が寝てた間の授業のノート。テスト前に写させてやるよ、教科問わず。なっ？　これでどうだ」
「んー……」
……どうだろう。
正直、ほかの子に見せてもらうっていう手もあるんだけど。
「損はないだろ」
そう言ってニコニコお日様スマイルで言うのは、なんかちょっとずるい。
そう言われると、やってもいいかなー？　なんて思ってしまう自分がいて、なんか悔しい。
瀬戸の無邪気な笑顔って武器だよね。
それを本人は意識なくやるから、たちが悪いな、って思うけど。
「でもさ、なんで文通なのよ？」
「だからそれはさっき……」
「そうじゃなくって、それなら交換日記とかでもいいわけ

でしょ？」
　瀬戸は肩でため息をついた。
「人の日記なんか読んでなにが楽しいよ？」
　それを言うなら、人の手紙なんか読んでなにが楽しいよ？
　そもそもどこが違うのよ。
「ただ文通がしたいって言ってるんじゃないんだ。手紙にはちゃんとテーマがあるんだ」
「テーマぁ？」
　あくびまじりに言った言葉なのに、瀬戸は目を爛々と輝かせて言った。
「テーマはズバリ、恋文限定！」
　——はい？　こいぶみ？
　思わず目をぱちくりさせて瀬戸を見やる。
　どうしよう……。
　ウキウキしている瀬戸の考えてることが、これっぽっちもわからない。
「……それってつまり、ラブレターってこと？」
「イエス！」
　指をパチンと鳴らして笑っている。
　ああ、どんどん瀬戸がわからなくなっていく。
　やっぱり瀬戸を少しでも理解できたと思っていたのは勘ちがいだったみたい。
「やだよ、そんなの。全然意味わかんないし、面倒くさい」
「ホント、思ってることはっきり言うよな……。少しくらい悩んでくれてもいいじゃないかよ」

瀬戸はうなりながら項垂れた。
　けれどそんな姿にも冷めた視線を送っているあたし。
　ここで乗っかっては絶対だめ。
　つけこまれてわけのわからないラブレターを書かされるはめになるから。
　それだけは避けなければならない。
「絶対おもしろいと思うんだけどな？」
「なにをもってそう思うのかがわからない」
「昔の人は手紙を書くことで想いを伝えてきたわけだろ？　でも今、おれも秋月もそれが不得意なわけだし……」
「まぁ……というか、書くことだけじゃなくて国語全般が不得意なんだけどね」
　いや、あたしの場合は国語以外もだけど。
「そもそも、普通の手紙じゃダメなの？」
　いや、それも嫌だけど。
「ダメだろ。それじゃおもしろくもなんともないしな」
「ラブレターもおもしろくはないけどね」
「ほら、前に言ってたろ。青春を謳歌しないと、って」
「だからって、なんでそれがラブレターに繋がるのよ」
「いざという時素敵なラブレターが書けるように、に決まってるだろ」
　瀬戸、今まで見たことないほどにキラキラしてる。
　今日の空は曇ってるのに、目の前でお日様が輝くように瀬戸がやたらキラキラしてる。
　どうしよう……。

対処の仕方がわからない。
「だいたい、告白なら男らしく口で言えばいいじゃん」
「バカだなー、手紙書けるにこしたことはないだろ？　万が一遠くにいる相手にコクるってなったらどうすんだよ」
「会いに行けばいい」
「会えない距離かもしれないだろ」
「本気で好きなら会えない距離なんてない」
　あっ、瀬戸があきれた顔してる。
　お前、それ本気で言ってんのかって顔。
　でもあたしはけっこう本気なんだけどな。
「本当に好きなら、って話だけどね」
「会えたとしてもおれはシャイだからな。気持ちがうまく伝えられない可能性だってあるんだ」
「なにそれ。驚くほどあたしには関係ない話だな」
　そしてどうでもいい話でもある。
「そう言うなよ。少なくともおれは楽しめて、秋月はノートのコピーが手に入る。お互いにとっていいことだろ？」
「……うーん」
　それはちょっと魅力(みりょく)的だ。
　でもやっぱノートぐらいならほかの子に頼(たの)んでもいいわけだし……。
「おれ、国語は苦手だけどほかの教科はそこそこできるんだ。テストのヤマなんかも教えるぞ？」
「ううーん……」
　それも魅力的だけど……。

「……せめて、もうひと声」
「よしっ、大盤振る舞いだ！　１手紙につき、１お菓子贈呈でどうだ!?」
「うーん……」
　たしかにそれは魅力的だな……。
「……よし、乗った！」
　そう言って、あたしは瀬戸に右手を差しだした。
　瀬戸はそれを間髪をいれず握り返した。
　こうして、あたし達の交渉は成立した。

＊恋文遊戯

　交渉が成立してから１週間が経った。
　けっきょく、あれから一度もラブレターのやり取りをしていない。
　初めは瀬戸から書くと言っていたのに、この１週間手紙らしきものは渡されていないし、その話題も出ていない。
　いつ持ってくるかなんて決めてなかったし、べつにいいんだけど……。
　一時の気まぐれだったのかな。
　あのあと思いなおしてやめたとか？
　うん、ありえるかも。
　完全に思いつきで言ってたもんね。
　それならそれでいいんだけどね。
「おっす、ツヤコ」
「おっす、カン。相変わらず朝から元気だね」
　教室内に足を踏みいれた瞬間、入り口でクラスの男子と戯れていたカンがあたしに気づいて声をかけてきた。
　そのグループの中に瀬戸もいた。
「なぁ、コイツがサッカー部に戻ってくるよう、ツヤコからも言ってくれ」
　そう言ってカンは瀬戸の首に腕を回し、抱きよせる。
　ふたりの身長差がありすぎて、瀬戸は狩りで捕えられた獲物みたいだ。

「やめろって。おれはもうサッカー部には戻らねーよ」
　カンの腕を振りはらい、距離を取る。
　カンがなかなか離れないからか、瀬戸のくせ毛っぽいくるんとカールしている毛先が踊った。
「なんでだよ。お前ならレギュラー取れるって」
「しつけーな。ちょっとやってみようって思っただけだったから、いいんだよ」
　すると、今度は別サイドからほかの男子に捕まえられた。
「まぁ、あれだもんなー。瀬戸がサッカー部に入った理由って、女子にモテるため、だったよなー？」
「あっ!?　ばっ、ちがっ！」
「なにも隠すことねーじゃん。なぁ、カン？」
「ああ、いいと思うぜー？　下心があって、単純でかわいい理由じゃねーか、なぁアキちゃん♪」
「う、うるせー！」
　身長が低いせいで、上からも下からも、多方面から男子にもみくちゃにされている。
　無性にかわいく思えてつい笑ってると、その視線に気づいた瀬戸はムッとした顔であたしをにらみつけてきた。
　……おっと、怒らせちゃった？
「お前ら、いい加減にしろっ」
　そう言って、背の低い彼は身長に見あわず高く華麗にジャンプし、一番そばにいたカンの横っ腹に飛びげりをお見舞いした。
「いってぇ〜！　なにすんだよ！」

「それはこっちのセリフだ！」
　……うーん。なんか。
「瀬戸はさ、サッカー部よりバスケ部のほうがいいんじゃない？」
　気がつけば、そんな言葉があたしの口からこぼれでていた。
　みんな、はぁ？　と言いながら、眉根にシワを寄せている。
　まぁ、突然こんなこと言ったらそうなるよね。
「バスケって……、なんでだよ」
「だってジャンプ力あるから」
「それ単純すぎるだろ」
「でもきっとバスケ部でエースになれると思うよ。そしたらモテるかも」
「だっ！　だっ、から、それは違うって言ってんだろ！」
　瀬戸は肩を怒らせながら、あたしたちに背を向けて席へと戻っていった。
　けど、あの反応は絶対図星だと思う。
　なんやわかりやすいヤツだ。
「おいツヤコ！　アキをべつの部活に勧誘(かんゆう)してどーすんだよ」
「だってそう思ったんだもん。ごめんごめん」
「ってか、秋月って下の名前、ツヤコって言うんだ？　お前ら仲いいよな」
　カンの隣(となり)にいる男子がそう言った。
　この男子はクラスメイトじゃない。
　べつのクラスの男子で、カンと同じサッカー部だったと

思う。
　ってか、またその話題？
　たしかに仲はいいけど。
「中学からの腐れ縁だからね」
「なぁそれよりコイツ、艶やかな子って書いてツヤコなんだぜ？　名は体を示さなかったいい例だよなー」
　大口あけて笑うカンの脇腹を、持っていたカバンの角で思いきりぶんなぐる。
　そこはちょうど瀬戸が蹴りを入れたところだ。
「いっ、ツヤコてめっ！」
　地獄に堕ちろ。
　あたしはそう、怨念を込めて殴りつけた。
　まだ横腹を痛がっているカンとほかの男子の間をくぐりぬけ、自分の席に座る。
　いつもは横向いて壁に背中を預けて座ってる瀬戸が、今日はあたしに背中を向けてる。
　さっきのこと、まだ怒ってる？
　瀬戸の背中は身動きひとつしない。
　振りむく気はないようだ。
　……まぁいっか。
　またすぐ話しかけてくるでしょ。
　そう思って机の中から教科書を取りだそうとした時、なにかがひらりと床に落ちた。
　……ん？
　なに、これ？

足もとに落ちたのは白い紙。

どうやら封筒のようだ。

拾いあげて表を見ると、"秋月艶子さま"って書いてある。

あっ、これってもしかして……。

手紙の裏を返してみると、やっぱり。

表と同じ、少し角張った文字で――"瀬戸文章"と書かれてある。

「――瀬」

言いかけて、やめた。

瀬戸はまだ怒ってたんだった。

振り返る様子もないってことは、これ、ずいぶん前に入れたんだろうな。

昨日までは入ってなかったから、今朝早くか昨日あたしが帰ったあとに入れたのか。

あたしはマジマジと手紙を見つめた。

まっ白な封筒。

柄やほかの色は一切使われていない。

封もされていない手紙。

……なっ、なんかわかんないけど、ドキドキしてきた。

だってこれ、一応ラブレターなんだよね？

どんなことが書いてあるんだろう……。

人が綴る恋文。

瀬戸の想い。

瀬戸の恋心。

それはすべて嘘だとわかっていても、ちょっとワクワク

している自分がいた。
　なんだ……意外と楽しいかも。
　そう思いながら、封筒の中から手紙を取りだした。
　中に入っていた便せんもまっ白で、四つ折りにたたまれたそれが一枚入ってるだけ。
　あたしはドキドキしながら手紙をゆっくりと開いた。
「……瀬戸」
　なかなか振り返らないから、あたしは瀬戸の背中をつつく。
「……なんだよ」
　瀬戸はぶっきらぼうに顔だけで振りむいた。
「これ」
　そう言って顔の高さまで掲げたのは、白い便せん。
　それを瀬戸の目の前で――。
　ビリビリビリッ！
　いきおいよく引きさいた。
「――はっ……？」
　ぼう然としていて動かない瀬戸に、破いた手紙を突き返す。
「じゃ、おやすみ」
　そう言って、あたしは机に伏せて眠りにつこうとしたけど、瀬戸はそれを阻害してくる。
　それが気に入らなくて、あらしは瀬戸をにらんだ。
「まっ……待て待て待て！　これ、ちゃんと中身読んだか!?」
「読んだに決まってるじゃん」
「じゃあなんで破く!?」
「それがゴミだからでしょ」

なーにが恋文だ。

なーにがラブレターだ。

手紙の中にはたったのひと言、

"好きです"

ただそれだけ。

たったこれだけ、書かれているだけだった。

……あたしのウキウキした時間も、ちょっとドキドキしたトキメキも、全部まとめて返せ！

「ゴミっ……！　おれが心を込めて書いたものを、ゴミ……？」

信じられないって顔してるけど、それはこっちのセリフだし。

「だってそうじゃん。あれだけ国語の勉強になるとか、素敵なラブレターを書けるようになるためとか言ってくせに、なによそれ。どこに心込めたのか教えてほしいんだけど」

あっ、すねた。

瀬戸は手に取るように、わかりやすくすねた。

すねるとすぐ頭を掻いて、ちょっと眉間にシワを寄せて、口もとを小さく尖らせるんだ。

正直言うと、瀬戸がすねる様子はちょっとかわいいと思う。

これを言ったらもっと怒るだろうから言わないけど。

瀬戸は笑う時とすねた時は一気に子供っぽくなるから、なんていうか母性本能をくすぐられる。

背が低いことを気にしてる瀬戸にそんなことを言ったら、

きっと今以上に逆上しちゃうから言わないけど。
「……書いてみると意外とむずかしいんだって」
「でも1週間もかかって、これだけなんだ？」
　おっと、口がすべった。
　ホント思ったことをつい口にしてしまうのはあたしの悪いクセ。
　ほらね、瀬戸がまた怒ってる。
　瞳はギロリとするどくあたしをにらみつけて、彼の泣きぼくろはあたしを責めるように見ている。
「……だったら、秋月はさぞお手本になるような手紙書いてきてくれるんだろうな？」
「ぐっ……」
　しまった。
　これは完全に墓穴を掘ってしまった。
　ハードルを自分で上げてしまってる。
「い、いやぁ〜……」
「おれを惚れさせるような、さも素晴らしいラブレターを書いてくれるんだろうな」
「いやいやそんな。……でもその手紙よりかは書けるかなぁ？」
　はっ、まただ。
「ほーぉ」
　あたしのバカヤロー。
　少しつり目の瀬戸はさらに目尻を引きあげて、瞳を怪しくギラつかせる。

「秋月からのラブレター、楽しみだなぁ」
「あっ、いや、ちょっと待って……」
　引きとめようにも、瀬戸はあたしのことなんて無視して前を向いてしまった。
　弁解しようにもその後、瀬戸がうしろを振り返ることはなかった。

　どうしようかなぁ。
　自分でハードル上げちゃったよ……。
　だいたい、あたしがやりたいって言いはじめたわけでもないんだけど。
　言いだしたのは瀬戸だし。
　そう考えるとやっぱり、あれはないんじゃない？
"好きです"
　文章でもないし。
　だいたい、自分は文章（フミアキ）って名前のくせにさ。
　文章（ブンショウ）すら書けてないじゃん。
　とりあえず机に向かい、帰りに買ってきたレターセットをカバンから取りだした。
　淡（あわ）い黄色のレターセット。
　柄は緑色のツタの絵が入ってるだけのシンプルなもの。
　便せんを取りだしたけど、すぐに思いなおして端（はし）に避ける。
　代わりにノートを一枚破り、ペンを握る。
「とりあえず、下書きからしようかな」
　書きだしはなにがいいかな。

"To　瀬戸さま"？
"親愛なる　瀬戸さま"？
まず"瀬戸さま"って言葉が硬いか……。
それじゃあ、"瀬戸くん"？
うーん……、なんかしっくりくるのがないなー。
あっ、でもこれって架空のラブレターなんだし、それなら勝手に設定を作っちゃえばいいんじゃないかな？
えーっとまず、あたしは瀬戸が好きで……。
好き……。
ええっと、ええっと……。
んー？
…………どこが？
やだ、思いつかない。
待って待って、これは架空の話だ。妄想なんだ。
本当に好きなわけじゃないんだから"どこが好き？"って疑問が出るのも当たり前なんだけど。
でも、ラブレター出すってことは好きなところがあるはずだよね。
ひとまず、想像してみよう。
たとえば……、そうだな。あたしは瀬戸のどこが好きなんだろう。
……。
…………。
「だー！　思ったより面倒くさいなぁ！」
想像なんかで好きなところが思いうかぶはずもない。

さては瀬戸から言いだしたくせして、途中で面倒くさくなったな？

　なにも思いうかばなかったから、てきとうに書いたとか？

　だから1週間もかけたくせに、ひと言だけだったのかもしれない。

　……まあ、仮にそうだったとしても瀬戸にあれだけ言っといて書けないっていうのもなんだかなー。

　さすがにそれはあたしのプライドが許さない。

　よし！　まずは瀬戸のいいところを書いてみよう。

　まずはそこからだ。

【瀬戸のいいところ】
・よく笑うところ。
・笑顔がかわいいところ。
・意外と空気を読んでくれるところ。

　……うんうん、いい調子。

・まつげが長い。
・泣きぼくろが似合ってる。
・授業中、たまにかけるメガネも似合ってる。

　うーん、いいところの種類が変わってきてる気がするけど、まぁいいか。

あとは……。

・友達が多い。

　うん、男子にかわいがられてるよね。
　やっぱ身長低いからかな？
　ノートの切れ端に書いたメモを天井にかざし、ライトに透かしてみる。
　んー……、うん！
　なんか、いいラブレターが書けそうな気がしてきた！

瀬戸くんへ

突然こんな手紙を渡されて戸惑(とまど)っているとは思うけど、どうしても伝えたくて手紙を書きました。
いつも笑ってる瀬戸くんを見てると、あたしも楽しくなってきます。
瀬戸くんのニコニコとした笑顔はお日様みたいで、あたしの心を暖めてくれます。
元気をくれます。
あたしまで笑顔になります。
そしていつの間にか、瀬戸くんが特別な存在になってることに気づきました。
瀬戸くんともっと話をしたい。
一緒にいたい。
そんなことを思うと、夜も眠れません。
だから、手紙を書くことにしました。

好きです。

たとえ瀬戸くんがあたしと同じ気持ちじゃないとしても、それでもいいです。
だけどもし、あたしと同じ気持ちでいてくれたら、うれしいな。

秋月艶子

「よし！　我ながらいいできじゃない？」
　あたしは清書した手紙を天井にかざし、見あげる。
　これなら瀬戸も文句ないでしょ。
　明日、驚く顔を見るのが楽しみだ。

第2章
架空ラブレター

＊返事

「おはよ」

翌朝。

意気揚々と声をかけたあたしを、不思議そうな顔で見てくる瀬戸。

「おはよう。今日は寝てないんだ？」

「やだなー、朝から寝るわけないじゃん」

「いや、いつも寝てるし」

少しばかり眉間にシワを寄せながら、瀬戸はあたしの前の席に座った。

相変わらず首を傾げながらどこか居心地悪そうにこちらをチラチラ見てくる。

あたしのことなんて気にしなくていいからさっさと机の中調べなさいよ。

手紙は今朝早くに登校して、瀬戸の机の中にセット済みだ。

早くその存在に気づいてほしくてそわそわしてるっていうのに、いつになったら机の中に手を入れるの？

瀬戸のスクールバッグはぺたんこだし、あきらかに荷物が少なそう。

あっ、カバンからノート取りだした！

あれは数学のノートだな……、ってそうだ、一時間目は数学だ。

ん？　そういえば、あたし、なにかを忘れてるような

……？
　……あっ！　今日の数学、宿題出てたんだった。
　しまった。あたし、宿題やってない！
　慌てて教科書とノートを取りだそうとした、その時。
　"グシャッ"という無惨な音が前の席から聞こえた。
「ああ──‼」
　思わず声を張りあげてしまった。
　瀬戸はびっくりして目をまん丸に見ひらいてる。
　たぶん近くの席の人も同じ顔をしていると思う。
　でも、そんなことはどうでもいい。
「ちょっとちょっとちょっとー！」
「なっ、なんだよ？」
　"なんだよ"じゃない！　なにやってんのよ！
　瀬戸の手を掴み、詰めよる。
　きっと今のあたし、顔がとてつもなくホラーチックなのだろう。
　瀬戸が距離を取ろうと体を後退させているからなんとなく想像がついた。
　でもそれよりも……。
「今、なにやった？」
「……はっ？」
　は？　じゃないから！
「机の中！　今入れたノート出してよく見てみなさいよ！」
「机の中……？」
　訝しげにノートを取りだし、机の中を覗くと、ノートと

一緒に出てきたのは淡い黄色の手紙。
　それはぐしゃぐしゃで、無惨な姿をしていた。
「あっ……」
　人が心を込めて書いた手紙をこいつは……！
「もー、やっぱやめやめ。それ返しっ……」
　ぐしゃぐしゃになったかわいそうな手紙。
　それを掴もうと手を伸ばしたけれど、手紙はひらりとあたしの手をすりぬけていった。
「ごめん」
　瀬戸があまりにもあっさり謝るから、あたしは一瞬言葉の意味がわからなくてポカンとしてしまった。
　すると、瀬戸は視線を逸らしながら、もう一度「ごめん」と、そう言った。
　急に真面目な顔をして言うから、なんで謝られてるのかわからなくなってしまう。
「……いっ、いや。こっちこそ、勝手に入れてごめん……」
　なんであたしも謝るのかな。
　なんかよくわかんないけど、謝らないといけない気がして……。
　だってなんか本当に"悪い"って顔してたから。
　瀬戸だって悪気があってやったわけじゃないってことぐらいわかってるし……。
「おれ、こんなに早く返事がくると思ってなかったから、さ……。なんかすげー」
　なによ、それ。

なにが"すげー"のかもわかんないし。
　けどそう言って無邪気に笑う瀬戸を見て、なんか違和感を覚えた。
　この違和感の正体はなんなのかよくわからないけど、けっして悪いものでもない気がする。
　かといって、いいものかと聞かれると……、どうだろう？
　あたしは言葉を返す代わりに無言で椅子に座りなおし、そのまま机に伏せた。
　机の木の匂い。
　真新しさを感じさせない匂いが、みょうに落ちつく。
　男子ってほんと無邪気だな。
　封が切られる音がして、カサカサと手紙を取りだす音がする。
　その光景が今目の前で繰りひろげられてると思うと、顔を上げることができない。
　だって恥ずかしい。
　これは思っていた以上に恥ずかしい。
　曲がりなりにもあれは、ラブレターだ。
　あたしが綴った正真正銘のラブレター。
　あたしが生まれて初めて書いたもの。
　そこに書かれた言葉は妄想かもしれない。
　偽りかもしれない。
　けれど、まちがいなくあたしが自分の言葉で瀬戸に送ったラブレターだ。
　なんだ。お遊びだとはいえ、意外と照れるじゃないか。

——でも。
　うっすら片目を開けて、前髪の隙間から覗きこむ。
　あたしの手紙を読む瀬戸は、どんな顔してるのか気になって。
　もらった時はあたしですらちょっとドキドキしたんだから、瀬戸だって同じようにドキドキしてくれないとなんかシャクだし。
　あんなたったひと言のラブレターに負けるのも悔しいし。
　ってかひと言に負けるわけないし。
　こっちはちゃんと考えたわけだし。
　むしろ、ときめけ！
　……そう思って前の席をチラッと見たら、瀬戸はあたしに背を向けたままだった。
　……ちっ。
　思わず心の中で舌打ちしてしまった。
「秋月」
　背を向けたまま、瀬戸の言葉だけが飛んできた。
「んー？」
　あっ、感想かな？　そう思ったけど……。
「……今、舌打ちしたろ？」
　どうやら違ったみたい。
「えっ？　あれ？」
　しまった。
　心の中でこぼしたつもりの舌打ちが、口から吐きだされていたようだ。

「それ、やめたほうがいいと思うぞ」
「うるさいなぁ。それよりどうよ?」
　ドキドキドキドキ。
　あれっ?
　もらった時もドキドキしたけど、読まれる時もドキドキするんだ。
　お遊びなのに、なかなか心臓に悪いなぁ。
「——秋月」
　瀬戸が振り返って口を開いた瞬間、あたしは顔を上げて次の言葉を待った。
「……こんなの、よく書けるよな」
　……は?
　瀬戸は口もとを隠すように押さえながら、手紙をふたたび見やった。
　そしてふたたび無言。
　ちょっ、今なんて言った?
　"コンナノヨクカケルヨナ——"?
「……返せっ!!」
　瀬戸の手からいきおいよく手紙を奪いとったその時——。
　"バリッ"という乾いた音があたしの頭の中をまっ白にする……。
　あっ……、あたしの手紙が……。
　薄い黄色のシワシワだった便せんは、1枚から2枚に増えていた。
「瀬戸ぉ～!　それ、昨日の仕返しのつもり!?」

あたしの手には半分に引き裂かれた手紙の片割れだけ。
　元は１枚だったもう片方の便せんは瀬戸の手に握られたままだ。
「ちょ、待てって！　おれはなにもしてないだろ。秋月が急に引っぱるから」
「問答無用！　今、この手紙と共にあたしと瀬戸の仲にも亀裂が生じたってことを覚えててよッ！　もう二度と口もきかないんだから！」
　人がせっかく書いた手紙を！
　それなりに考えて書いた手紙だっていうのに。
　誰かさんと違って、ちゃんと考えたのにっ！
「待て待て待て！　おれがなにしたって言うんだよ」
　はぁ!?　どこまで救いようのないヤツなんだ。
「人がせっかく恥を忍んで書いた手紙にケチつけといてなに言ってんのよ！」
「待てって！　おれがいつケチつけたんだよ」
「さっきだよ！」
「どこをどー取ればそうなるんだよ」
　それ、本気で言っているのか？
　コイツ。その茶色い髪の毛をむしりとってやろうかな。
「『こんなのよく書けるな』って、そう言ったのは瀬戸でしょ!?」
「…………はっ？」
　瀬戸は吊りあがった目をパッチリと見ひらき、何度か瞬きを繰り返す。

ほんと、こんなヤツだとは思わなかった。
　なんだかんだ空気は読むし、けっこうおもしろいヤツだって思ってたのに。
　心の底からがっかりだ。
　一気に瀬戸という人間に興味がなくなった。
　たしかにあたしだって昨日、瀬戸の手紙を破いたかもしれない。
　でもあれは瀬戸から言いだしたのに、あんな適当な手紙持ってくるから。
　あれは手紙じゃない。むしろメモに近いし。
　けど、あたしは違ったのに……。
　精いっぱい考えて書いたのに。
　あー、やっぱむかつく〜！
　もう、絶対口きかない。
　暇つぶしにだって付き合ってやんない。
　もう知らない！
　あたしはふたたび椅子に座って机に伏せた。
　腕でバリケードでも張るように、組んだ腕の中に頭を入れて目を閉じた。
「……秋月」
　知らない。もう話しかけてこないでよね。
「おい。なぁって」
　うるさい、うるさい。
「なぁ、それたぶん勘ちがいだから」
　勘ちがいってなによ。あの言葉がすべてだったでしょうが。

いまさら言いわけなんて見苦しい。
「聞いてくれって。なぁ秋月」
　読んで陳腐だと思ったんでしょ。
　やっすい言葉だと、文章だと。そう思ったんでしょ。
「おれ、この手紙読んで」
　わかってるよ。どーせ陳腐だよ、安い言葉だよ。
　でもそれでも一生懸命考えたんだから。
「読んで、さ……」
　だからもういいから。それ以上言ったら、絶交どころの話じゃないから。
　ホントに髪の毛むしってやるんだから。
「……すげーって思ったんだって」
　はい、決定！
　そう思ってあたしは拳を握りしめながらいきおいよく立ちあがった。
　あたしのそんな動きに驚いた瀬戸は、びくりと身を引いた。
　……けれど、拳は瀬戸の元へと向かう前に、行き場を失ってしまった。
　ん？
　あれ？
　……今、なんて言った？
「すげー……？」
　そう言ったよね？
　んんっ？
　なにが？

というか、なにかが食いちがってる？
「……ねぇ、今なんて言った？」
　握りしめていた拳は力をなくし、ゆっくりと下りていった。
　その様子を見て、瀬戸が肩で小さく息をしたのが見てとれた。
「だから、すげーって言ったんだ」
　はっ？
　でも、だって……？
「だって、さっきはバカにしたじゃん」
「いや、全然してないし」
「こんなのよく書けるなって言ったじゃん」
「うん、言った。けど、それがなんでバカにしたことになるんだよ」
　だって、お前こんな恥ずかしいことよく書けるなって意味でしょう？
　あれ？　でもこれって、そういう意味じゃないのかも。
　むしろ……。
「言ったろ？　おれはいざ書こうとしたら全然書けなかったんだよ。なのに、秋月はちゃんと手紙らしい手紙を書いてきてびっくりしたんだ……。べつにバカにしたわけじゃない」
　そう言って、真剣な表情であたしと向きあう瀬戸。
　あれ？
　あれれ？
　言われてみれば、そうかも。

勝手にバカにされたって思ったけど、瀬戸の言うようにべつにあの言葉ってバカにしてなくても使うよね？
　むしろなんでバカにされたって、とらえたんだろう……。
　すとんと垂直に腰を落とし、椅子に座った。
　なんか一気に恥ずかしくなってきた。
　ううん、違う。
　ずっと恥ずかしかったんだ。
　思ってた以上に恥ずかしかったんだ。
　人にラブレターを書くって行為が。
　あんなお遊びで書いた手紙でも、ちょっとばかり真剣に考えてしまったから。
　だから相手もそうとらえてるんだって勘ちがいしちゃったんだ。
「……ねぇ、瀬戸」
「なに？」
「やっぱ、やめない？」
「嫌だ」
　即答かよ。
「わかった。やめよう」
「はっ？　今のおれのセリフ聞こえた？」
「聞こえましたとも。だから疑問形をやめて言いきったんじゃん」
「おれは認めない。途中でやめるとか絶対だめだからな」
　駄々っ子か、君は。
「1回は書いたし、いいじゃん」

「たった１回だろ！」
「十分でしょ」
「おれは足りない」
「あたしはもうお腹(なか)いっぱい」
　お互い一歩も引かない。
　きっと瀬戸は簡単に引いてくれないと思う。
　でも、これ以上羞恥心(しゅうちしん)と闘(たたか)う気力はない。
　ラブレターなんて書かなくてもいいなら、もう書きたくないし……。
「じゃあ、これもいらないんだな？」
　そう言って机に掛けてあったカバンの中をごそごそと探しはじめた。
「せっかく準備しておいたんだけどなぁ？」
　そう言ってニヤリと笑う瀬戸の手にあるもの……。
　そっ、それは……。
「スターツスイーツ……！」
　おいしいと大評判で、毎日行列ができるほど大人気で有名なお菓子(かし)専門店。
　あの茶色い紙袋。そこに描かれた英国調なスターツのロゴ。
　そしてなにより、あの瀬戸のドヤ顔……まちがいなく、あれはスターツスイーツのお菓子だろう。
　──ごくり。
　喉(のど)を鳴らしたと同時に、あたしは思いきり手を伸ばし、紙袋を掴もうとした。
　……けれどあたしの右手は、スカッと清々しく空を掴ん

だだけ。
「なんで!?　話が違うじゃない」
「それはこっちのセリフだ」
　こっちのセリフ!?　なんでよ。
　あたしは一度書いてきたじゃん。
「報酬（ほうしゅう）は1手紙につき1お菓子の贈呈でしょ！」
「契約不履行（けいやくふりこう）により、報酬はなし」
「なによそれ。小難しい言葉使ってごまかさないで」
「ごまかしてない。だてに毎正月、人生ゲームで遊んでねーからな」
　いや、人生ゲームとかどうでもいいし、むしろ聞いてない。
「とにかく、途中放棄（ほうき）は契約違反（いはん）により報酬は没収（ぼっしゅう）！」
「ひどい！　ひとでなし！」
「ははっ、なんとでも言え。言っとくけどこれ高かったんだぞ。たった1回書いたぐらいでもらえるなんてそんなに世の中甘くない」
　瀬戸は立ちあがり、紙袋を高々と掲げた。
　それに向けて必死になって手を伸ばすあたし。
　悔しいかな、微妙（びみょう）に届かない……。
「これがほしければさっきの言葉を撤回（てっかい）するんだな。むしろおれと文通を続けたいと言え」
「ぐっ……！」
　なんて卑劣（ひれつ）なヤツ……。
　食べ物を人質にとるなんて……！
「もういいじゃん。1回書いてみてわかったでしょ？　十

分じゃん」
「十分かどうかはおれが決める」
　なんでよ！　決定権はあたしにだってあるはずだ。
「ふざけないで」
「なにやってんだよ？」
　そう言いながら瀬戸の背後から現れたのは、カン。
　しかも軽々と瀬戸の手から紙袋を取りあげ、あたし達を見おろしてる。
「ちょっ！　おい、返せよ！」
「なんだよふたりして。さっきからイチャついてんなぁ」
「はぁ？」
「いつの間にそんな関係なってんだ？　おれという相手がいながら」
　そう言って瀬戸の頭をなでまわす。
　瀬戸はやけにまっ赤な顔してカンを払（はら）いのけようと暴れてる。
　けれど、絶対的な身長差でやられたい放題だ。
「まさかとは思うが、ふたりは付き合って……」
「いや、ないでしょ」
　いつもは周りにカンとの仲を勘ぐられるのに、まさかカンに瀬戸との仲を疑われるとは……。
「だよなー。それならおれに相談くらいしてくれてもいいもんな」
「いやいや、そうなってもカンには絶対相談しないけどね」
「つめてーな」

「当たり前でしょ！」
　あたしがカンと言いあってる間に隙をみて、瀬戸がスターツスイーツの紙袋を取りあげた。
「あっ、アキ、返せよ」
「アホ！　これは元々おれのだろうが」
「ちがーう！　もうそれはあたしのだから！」
　そう言って瀬戸の腕にしがみつき、袋を取りあげてすかさずスクールバッグの中に押しこんだ。
「ちょっ、待った！」
「待ったなし！」
　カバンを抱きかかえ、ふて寝体勢に入る。
「なぁふたりとも……ホント、なにやってんだよ」
「なんにも！　ただ瀬戸がお菓子くれるって約束したのに、くれないってだけ！」
「それは秋月が——。てか、今カバンの中にあるのはなんだよ！　すでにおれから取りあげてるだろーが」
「ぐ～……」
「寝たフリすんな！」
　机がガタガタと揺れる。
　きっと瀬戸があたしの机を揺らしてるんだ。
　でも起きてなんかやらない。
　このお菓子はもうあたしのものだから。
「なんか、お前らいつの間にかすっげー仲よくなってね？　おれのほうがツヤコともアキとも仲よかったはずなのに。おれ、さみしー」

「うっせーな！　今はそれどころじゃねーんだよ」
「そうだそうだ。カンはもう暑くるしいから席戻れば？　ついでに瀬戸も回れ右！」
「お菓子を返してくれれば向いてやる」
「アキもツヤコも冷たい！」

　あー、もう。

　うるさいなー！　そう思ってた矢先、タイミングよくほかの男子に呼ばれたカンは、泣きながら（正確には泣きマネをしながら）席へと戻っていった。

　だけど、瀬戸はなかなかしつこい。

「秋月、起きやがれ！」
「うう……。あたしは無罪です〜」
「アホ！　完全に有罪だろ」

　ふたたび机が揺れる。

　しつこいヤツだ。瀬戸ってば身体だけじゃなくて心も小さいヤツだったんだ。

　……なんて、これは言ってはいけない。

　危ない、危ない、もうちょっとで言葉にするところだったよ。

　さすがにこれを言ったら殺されてしまう……。

「あーもう、わかったよ」

　返すよ。返せばいいんでしょ。

「はい！　もう返すから、さっさと前向いて。あたしは寝るから」

　一度カバンにしまったお菓子の袋を取りだし、瀬戸に向

けてかざす。

　カバンの中に無理やり詰めこんだせいで袋はボロボロだ。

　でもこれは瀬戸が悪いんだから仕方ない。

　中身がなにかはわからないけど、お菓子が無事なことだけを祈ろう。

　いいや。あたしが食べれないのなら、中身なんてもうどうだっていい。

　なかばヤケになってお菓子の袋を突き返すけど、瀬戸はいっこうに動かない。

　お菓子を受けとろうとしない。

　……なんなんだ？　なにが不満なのよ。

「秋月」

「なによ」

「そんなに、嫌だった……？」

　瀬戸がまっすぐあたしを見つめる。

　朝の光が瀬戸のほんのり茶色い瞳をキラキラと輝かせている。

　澄んだガラス玉のような瞳にあたしを映して捕まえる。

　君はメデューサなのだろうか。

　見つめられただけで、体は化石のように動かない。

　なぜかわからないけど、あたしは動けず瀬戸を見つめ返すだけ。

「悪かったな。おれの暇つぶしに付き合わせて」

　そう言って、瀬戸は前を向きなおった。

　彼の瞳から解放されたあたしは、やっと体に自由が戻り、

気がついたら紙袋をかざしたままだった。
「……ちょ、瀬戸！　お菓子……」
「いい、やるよ。元々そのつもりで買ったんだから」
　なによ、それ。
　それなら最初から素直にくれればよかったじゃん。
「で、でも、これ受けとったからって続きはやらないんだから……」
「いいよ。無理に付き合わせて悪かったな」
　あたしは持っていた紙袋を机の上に置く。
　カサリ、とどこか悲しげな音があたしの耳に届いた。
　おいしいと評判のスターツスイーツ。
　すごく食べたいし、この紙袋を見てるだけでもテンションあがる…………はずなのに、どうしてこんなに心が苦しいんだろう。
　なんで、あたしが悪いみたいになってるんだろう。
　なんで、罪悪感を感じなくてはいけないんだろう。
　これは正当な報酬だ。
　もらって当然。
　だけど……。
　あたしが今までに見てきた瀬戸の、一番悲しそうな顔をするから……。
　だからあたしは、素直にお菓子を受けとることができなかった。
　この後、その日１日瀬戸と言葉を交わすことはなかった。

＊スイーツ

「ただいまー」

返事が戻ってくるのを待たず、あたしは階段を上って部屋へと向かった。

あたしの部屋は階段上がってすぐのところにある角部屋。

扉(とびら)を押しあけて、カバンと体をベッドに投げだしたらいつものやわらかなふとんがあたしを優しく迎(むか)えてくれた。

ふぅ、なんか疲(つか)れた。

休み時間のたびにあたしに話しかけてくる瀬戸が、あのあと一度も話しかけてこなかったし。

いや、いいんだけど。

それは望んでたことでもあるし。

そしたら安眠も確保されるし。

……って思ってたのに、なぜか全然眠れなかったんだけど。

あんなに不自然な態度だと余計意識が瀬戸に向いてしまって、眠れない。

でもひさしぶりだったな、瀬戸の背中をあんなに眺(なが)めたのは。

1ヶ月前まではあれが普通だったのに。

たいして話したことのないクラスメイト。

それが席替えによってこんなに話すようになるとは、ついこの間まで思ってもみなかったからなぁ。

ふと視線を変えると、放りなげたカバンから中身が飛び

だしている。
　スクールバッグのファスナーを締めていないせいでベッドの上に中身が散乱してしまった。
　化粧(けしょう)ポーチ、ペンケース、ノート、鏡……そんな中に、茶色い紙袋が目に留まった。
　スターツスイーツ。
　このお菓子、ずっと食べたいって思ってたんだよね。瀬戸ってば、なかなかいいチョイスしてくれるじゃん。
　むくりと起きあがり、袋を手に取る。
　お店のラベルが印字されたテープをはずして中を覗いた。
「あっ、かわいい」
　中から出てきたのは透明(とうめい)なケースに入ったマカロン。それもイチゴ型だ。
　薄いピンクの丸いフォルムにアイシングで描かれた種、そしてチョコレートでできた緑色の房(ふさ)まで付いてる。
　……なんて少女趣味(しゅみ)な。
「ふ……ふふっ」
　うつ伏せてた体をぐるんと捻(ひね)り、あおむけになる。
　腕を伸ばしてマカロンを掲げて見ながら、ついつい顔がにやけてしまう。
　瀬戸ってば、どんな顔をしてこれを買ったんだろう。
　きっと頭を掻きながら指差して、ぶっきらぼうに購入したんだろうな。
　想像するとなんだか笑える。
　購入してるところ、見たかったなぁ。ああ、残念。

体を起こして箱を開けると、中にはマカロンが3つ。
　種の色が白と黒と茶色のイチゴ型マカロン。
　そのひとつを取りだし、口に運ぶ。
　すると中からイチゴのクリームが現れて、口の中に甘い香りが広がった。
　……おいしい！
　思わず足をバタつかせ、もうひと口頬張（ほおば）る。
　うう、本当においしい！
　なんて幸せな味なんだろう。
　最後のひと口をパクリと食べ、口の中に広がる甘酸っぱいイチゴの味に酔（よ）いしれている時、脳裏（のうり）を過（よぎ）ったのは瀬戸のうしろ姿だった。
　……瀬戸ってば、なんであんなに文通したがるんだろう。
　そんなに暇なの？
　それなら部活続けてればよかったのに。
　そうすればエースにもなれたかもしれないし、モテたかもしれないし。
　なにより暇じゃなかったはずだ。
　少なくとも今よりは。
　あたしの指はふたつ目のマカロンに伸びる。
　さっきは黒い種で、今度は白い種のもの。
　大きく口を開けて、パクリとひと口頬張った。
　さっきと同様に口の中でイチゴのクリームが広がる。
　種の色は見栄えの問題だけで、中身に違いはなかった。
　ああ、おいしい。

おいしい。
けど……。
これ、中になにか変な薬でも入っているのかな？
なんてことをひと口かじってあわれな三日月型に変貌したマカロンを見つめながら、真剣に思った。
だって、だってさ。
食べれば食べるほど、なぜだか手紙を書かなきゃいけない気がしてくる。
絶対なにかを盛ったに違いない。
「……んー」
脳裏に浮かぶのは、瀬戸のうしろ姿だけ。
すごく近くにいるはずなのに、どこか距離を感じるような背中。
そこには見えない壁でもあるかのように。
それは席替え前と同じ距離で、どこかあたしを寂しくさせた。
「……はぁ、しょうがないなぁ」
ため息を吐きだして、ぐいっと体を起こす。
仕方がないから、書いてあげよう。
このマカロンのおいしさに免じて。
正直ものすごく面倒くさいけど。
マカロンはあたしにかじられてふたたび形を変え、あたしの口は忙しなくマカロンを咀嚼する。
さてと。
書くとしてもどんな手紙を送ろうか。

手紙のテーマは"ラブレター"。

その中でどんな手紙を送ろうか。

うーん、うーん。

悩みながら最後のひと口を口の中に放りこむ。

……ん？　あっ、そうだ！

脳裏に一筋の光が射し、その光に誘（さそ）われるように机へ向かい引きだしにしまっていた便せんを取りだし、手紙を書きはじめた。

片手にスマホを握りしめながら……。

「瀬戸、おはよ」

「あー、おはよ」

昇降口に瀬戸がいた。

上履（うわば）きに履きかえながら声をかけると、どこか挙動不審（きょどうふしん）な様子で視線がおぼつかない。

その上くるっと背を向けて立ちさろうとする。

その行動にどことなく違和感を覚えつつ、瀬戸の背中に向けて声をかけた。

「あっそうだ、瀬戸——」

あたしの声はむなしく、瀬戸の姿は角を曲がって見えなくなっていた。

もしかして……逃（に）げられた？

あたしがラブレター交換を断ったから？

ありえる。それは、すごくありえる。

約束だったお菓子だって、戻そうと思ったらあんなに渋（しぶ）

られたし。
　ん？　待って。
　だとしたらさっきの行動は挙動不審なんかじゃなく、避けようとしてただけってこと？
　なにそれ。それってなんかムカつくなぁー！
　本当にそれが原因なんだとしたら、瀬戸ってばなんてうつわがちっさいヤツなんだ。
　出しっぱなしにしてた革靴(かわぐつ)を下駄箱(げたばこ)に戻そうとした時、なにかが視界の端に留まった。
　…………ん？
　昔から使われているスチール製の下駄箱。
　かなり年月を重ねたようで、元の色がわからないほどに茶色くくすんでる。
　そんな下駄箱の奥がなぜか白い。
　小さな箱の中、奥は薄暗いけれど、それでもあきらかに色が違うのがわかる。
　なんだろう？　そう思って手を突っこむと、カサリと紙が擦(す)れる音がした。
　指先にはさらりとした感触(かんしょく)。
　スチールとは違う温かさが感じられた。
「……手紙。なんで」
　そう呟(つぶや)いて思わず辺りを見わたす。
　登校時間、人は多いけれどみんな眠そうだったり、友達と会話してたりであたしの存在をとくに気にする人間はいない。

ほっとして、手紙を素早くカバンの中に押しこんだ。
　もしこんなところを友達にでも見られたら、絶対冷やかされるに決まってる。
　とくにカンなんかに見つかったら、一生ネタにされかねないし。
　差出人なら見なくたってわかる。
　中身は教室行ってからゆっくり確認しよう。
　あたしは下駄箱に靴を入れて、教室へと駆けだした。

「瀬戸」
　教室に入ったら、瀬戸はちらりとあたしを見て、「おはよ」とひと言そう言った。
　いや、それはさっき言ったし。
「ねぇ、あたしの下駄箱に」
「あっ、勘太郎。お前昨日のあれなんだよ！」
　笑顔でそう言いながら、登校してきたカンに向かっていく。
　あたしの話を聞こうともしないで。
　……また、避けられた？
　まぁ、いいか。
　そう思って席に着いた。
　登校途中で買ってきたパックのカフェオレにストローを差して、くわえる。
　片手でパックを持ち、もう片方の手でカバンにしまった手紙を取りだし、周りから見られないよう机の中に忍ばせた。
　表には〝秋月艶子様〟、裏には〝瀬戸文章〟。

そう書かれたまっ白な手紙。
やっぱり、これってラブレターだよね。
でもなんで？　やめたんじゃなかったっけ？
あたしからやめるって言ってたけど、それを瀬戸は受けいれてくれたはず。
意味がわからない。
こそこそと机の中で封を開け、手紙を取りだす。
中身も同じ白い便せん。
４つ折りにされた手紙をゆっくりと開くと角張った瀬戸の字がぎっしり書かれている。
今回はひと言じゃないみたいだ。
ええっと、なになに……。

秋月艶子様

はじめまして。
僕は瀬戸文章といいます。
きっと名前を聞いてもピンとこないかもしれないですね。
それだけ僕と秋月さんとの距離は遠いのかもしれません。
いいえ、僕と秋月さんとの距離はとても遠いと思います。
手を伸ばせば触れることができるはずなのに、僕には声すらかけることができない。
まるで僕たちの間には国境でもあるかのように、べつべつの世界が広がっているように感じるのです。
けれどその距離が遠ければ遠いほど、僕の想いは増すばかり。
名前のとおり、艶のある声。
ほんのり茶色の髪。
いつも眠そうにしている、色っぽさすら感じる横顔。
男女問わず友人が多く、そんな彼らと楽しそうに会話している笑顔。
そのすべてが僕を虜にしています。
僕は秋月さんの周りにいる友人達がうらやましい。
僕にもその笑顔を向けてほしい。
艶やかな声で、僕の名前を呼んでほしい。
……そう想う気持ちをどうすればおさえることができるのでしょう。

少しでもあなたのそばに近づきたくて、国境なんて取っ払ってしまいたくて、僕は手紙を書きました。
僕の想いがあなたに届くことを祈って——。

瀬戸文章
_____

…………。
　なんだ、ちゃんと書けるじゃん。
　ふーん、なるほどね。
　こてん、と右頬を机にくっつけて窓の外を見る。
　朝の光が眩しくて目を閉じたけど、それでも瞼の裏は焼けるように赤く光ってる。
　今日も天気がいいなぁ。
　気温も高いみたいだし。
　天気予報では今日は気温が下がるって言っていたんだけどな。
　……これじゃまるで、夏だよ。
　この暑さは夏の再来だ。
　やけに頬が熱いのはきっと、そのせいだよね……。
　けっきょく瀬戸は、チャイムが鳴るまで席には戻ってこなかった。

　授業が終わり、教室内が騒がしく音を立てる中、あたしは瀬戸の背中を指でつついた。
「ねぇ、瀬戸」
「ん？」
「手紙、読んだよ」
「ああ」
　……さっきから、なんか素っ気なくない？
　なんで振りむこうとしないのよ。
　いつもなら声をかけなくても振りむいて話しかけてくる

のに。
「あたし昨日、『もうしない』って言わなかったっけ？」
　そして、それを君は了承(りょうしょう)してたよね。
「……」
　瀬戸は、背を向けたまま黙っている。
　本当、なに考えてんのかわからない。
　まぁ、いいけど。
　あたしだってラブレター、書いてきたし。
「瀬戸、じつはさ」
「わかってる」
　……ん？
　なにが？
「しつこいって言いたいんだろ？」
「あっ、いや」
「これで最後だから」
「だから……」
「一応ちゃんとした手紙もらったから、その、返事っていうか……」
「いや、だから、ね……」
　口を挟みたいのに挟めない。
　瀬戸は相変わらずあたしに背を向けたまま、振り返ろうとはしない。
「俺の自己満で書いただけだから」
　いい加減、一方通行に放たれる言葉に嫌気の差したあたしは、立ちあがって言った。

「人の話、聞きなさいよ！」
　毎朝セットしているであろう少し遊ばせた髪を思いきり引っぱって、無理やり瀬戸をうしろに向かせた。
　あまりの驚きと痛みで声にならない声を発し、目玉は出目金のように飛びだしている。
「なんで背中向けたままなのよ。ってかあたしの話を聞け！」
「あ、秋づ……」
　顔をしかめながらも引っぱられるがまま、振りむいた瀬戸は少し涙目だ。
　涙目な瞳と目が合って、あたしは掴んでいた髪を手ばなした。
「あたしのこと避けまくってたのはやっぱり手紙のせいだよね？　なんでそこまで避けんのよ」
　自己満だとしても手紙を書いてきたのなら貫きとおせばいいじゃない。
　これが最後だと思って書いたのなら、せめて読んでもらえたかどうか確認ぐらいすればいい。
「……いやだって、そうとう嫌がってたし」
　そりゃあ、嫌に決まってるでしょ。こんな面倒で恥ずかしいもの、誰だってそう思うに決まってる。
　でも嫌がってるってわかってたのに書いてきたんだよね。
　その根性だけは認めてあげる。
「そうだけど、嫌がっていたけど……。はい！」
　あたしは瀬戸の胸に持ってきた手紙を押しつけた。
　瀬戸は、ものすごく驚いてる。

まぁ、無理もないよね。
　これっきりだと思ってたんだから。
　あたしだって、瀬戸から手紙もらうなんて思ってもみなかったから、すごく驚いたしね。
「……これって？」
「見ればわかるでしょ」
「ややっ、待て待て。だって、えー……」
　手紙とあたしの顔を交互に見ながら、瀬戸くんはパニック状態です。
「マカロンごちそうさま」
「あっ、ああ」
　瀬戸はわけがわからないといった様子だ。
　だからあたしはもうひと言付けくわえた。
「今回の報酬も忘れないでね？」
　そう言ってにっこり微笑んだ後、あたしは席に座りなおして机に伏せた。
　よし、これで今日は安眠できる気がする。
　寝不足はお肌にも心にも大敵だし。
「お、おぅ……？」
　そこはなぜ疑問系？
　報酬は絶対もらうから。
　まだ契約は成立してるから。
　でもこれで肩の荷が下りた気がするし、次の授業までちょっと眠ろう。
　なんなら次の授業はこのまま寝てしまおうかな。

寝てたって瀬戸がノート写させてくれるだろうし。
「……秋月」
　今度は瀬戸があたしを呼ぶ。
「なぁ、秋月って」
　せっかく眠れそうだと思ったのに、瀬戸はしつこく声をかけてくる。
「んー？」
「これ、なんだよ」
「なんだよって、なんだよ？」
　相変わらず机に伏せたまま、ぶっきらぼうに返事をする。
「手紙の内容に決まってるだろ。意味わかんねぇ」
　あー、やっぱり。だよねー。
「あさ、じう……？」
「浅茅生の　小野の篠原　しのぶれど　あまりてなどか人の恋しき……でしょ」
（注：1）
　伏せてた顔を上げて瀬戸を見やると、彼は予想外にもすぐそばに顔を寄せて手紙を読んでいた。
　突然起きあがったあたしに驚いて、いきおいよく身を引く瀬戸。
　けれどそれに負けず劣らず、あたしも身を引いた。
「ごめん！」
「ううん！　こっちこそ！」
　いくら仲よくなったとはいえ、まだ1ヶ月足らず。
　お互いのパーソナルスペースは思ったよりも狭かったみ

たいだ。
　仲いい友達なら大丈夫な距離感も、瀬戸とはまだ違和感を覚えてしまう。
　それにしても瀬戸ってば、あからさまな咳払いなんかしちゃって……。
　なんてごまかすのがヘタなんだろう。
　ちょっと傷ついてしまうじゃないか。
「まぁ、なんだ……えっと、なんの話だったっけ？」
「手紙でしょ」
　思い出したかのようにあたしの手紙を広げ、もう一度目を通す。
　だけど、それも一瞬のこと。
　だって今回あたしの手紙はたったの一文だから。

　――浅茅生の　小野の篠原　しのぶれど　あまりてなどか　人の恋しき

　それが、あたしが昨日書いた手紙の内容だった。

「これってどういう意味だよ」
「さぁ？　それは自分で考えてよ。ラブレターを送った相手に意味を問うなんてナンセンスでしょ」
「うーん……」
　そう言って瀬戸は頭を掻いた。
　眉間に深い深いシワを刻みながら。

考えろ考えろ。
　この手紙を受けて瀬戸はなんて返事を書いてくるんだろう？
「アキー、なに読んでんだ？」
　声をかけてきたのは、さっきまでサッカー部の仲間と話していたはずのカン。
　カンが声をかけた瞬間、瀬戸は素早く手紙をズボンのポケットにしまった。
「あっ？　なんだよ。今、なに隠したんだ？」
「な、なにも！」
「嘘つけ。あきらかになにか隠したじゃねーか」
「べつになんでもねーよ」
「いーや、おれは見たぞ。あれは、そうだな……。手紙みたいだった」
　そう言って手を顎に当ててニヤリと笑う。
　よりによってめんどくさいヤツに見つかってしまった。
　あたしが書いたのは百人一首の和歌。
　瀬戸が古文の勉強にもなるって言ってたのを思い出して、百人一首から抜粋したんだけど。
　でも和歌の前後には、瀬戸とあたしの名前が書いてある。
　だからこそ手紙を見られたらちょっと気まずい。
　カンは変なところに勘がいいし、国語が得意だからきっとすぐにラブレターだって気づくだろう。
　そうなったらもうなにもかもがおしまいだ。
　だってカンのことだ、きっとおもしろおかしく周りに言

いふらすに決まってる。
　それだけはなんとしても阻止しなくてはならない。
　その考えはきっと、瀬戸も同じはず。
「なぁツヤコ、さっきアキが持ってたのって手紙だろ？」
「さぁ？　どうだったかなぁ」
「……はぁ？」
　あっ、カンってばあからさまに疑っている。
　なんか……変な汗が出てきた。
「なんだよ。ふたりして怪しいぞ。さてはさっきの手紙…………ラブレターか？」
　ドキン！　と心臓が大きく脈打ち、あたしのこめかみから脂汗が噴きだした。
「ははっ、なに言ってんだ。いまどきそんなもん書くヤツいないだろー？」
　そう言って少し大げさに笑う瀬戸。
　けどあたしにはわかる。君、目が笑ってないからね。
　自分で言いだしたことを自分で否定するなんて、瀬戸は今どんな心境なのか知りたくて仕方がないんだけど。
　でも今はカンを追いはらうことに専念しなきゃ。
「そうそう。このネット社会でいまどきラブレターはないでしょ」
「まぁ、それもそうだけどよ」
「でしょー？」
　おっ、いい感じ。
　このまま話を逸らして……。

「それならその紙なんなんだよ？　べつに見せてくれてもいいんじゃね？」

　コイツは……ホントにしつこい。

　カンは隙をみて瀬戸に詰めより、ポケットの中を探ろうと羽交いじめにしている。

「おい、やめろって！」

「なんだよ、アキちゃん。そんな見られて困るよーなもん持ってんのかよ。さては手紙と見せかけて、エロ本か？」

　そんなわけないじゃん。

　そもそもポケットなんかに入るわけないし。

「バカか！　そんなもん入るわけねーだろ！」

　うんうん、同意見。

　瀬戸、もっと言ってやって。

「じゃあ見せてみろよ。たしかめてやるから」

「おい！　さわんな！　やめろって！」

　カンがあまりにもしつこく攻めてくるから、とうとう瀬戸がキレた。

　攻めの一手だったカンの腕にしがみつき、小柄な体は柔軟にカンの背後に回って卍固めを決めてる。

「ぐっ、ストップ……俺がわる、かった……」

「もう二度としないと誓うか」

「ち、かい、マス……」

　満足した様子で、瀬戸はカンを解放した。

　まだ腕が痛いのか、カンはしかめっ面で腕をゆっくり回してる。

「勘太郎、もう授業始まるぞ。自分の席に戻れ」
　そう言って、瀬戸は教卓前の席を指差した。
「……最近、冷たくね？」
「安心しろ。元々こうだし」
「ひでぇ」
　カンは席へと戻っていった。
　どこか楽しそうに、軽やかな足取りで。
　男子って、よくわからない生き物だ。
　今の一連の流れで、どこに楽しい要素あったのだろう。
「ふー、危なかった」
　汗なんてかいてないのに、瀬戸は額を拭うフリを大げさに見せている。
　いや、案外大げさでもないか……。
　かなりヒヤッとしたしね。
「ねぇ、手紙やめない？」
「はぁ？　またかよ。それについてはこの前話しただろ」
　瀬戸ってば毒でも吐きだすみたいな顔で噛みついてくる。
「そうじゃなくって、教室で読むのはやめない？」
　本当は手紙もやめたいけど。
　今はあえてそれについては言わないでおこう。
「今回みたいにほかの人に読まれたり見られたら面倒では。それに変な噂になるのも嫌だし」
「……まぁ、な」
「手紙は今日みたいに下駄箱に入れることして、読むのは学校の外にしよう。教室は人目が多すぎる」

「んー……、まぁそうだな」
　話がついたところであたしはふたたび寝る体勢に入った。
　その時ちょうど授業開始のチャイムが流れた。
　そのまま一時間目は寝ていようと心に決めた。
　その時、
「けど……やめるっていうのだけはなしだからな」
　そんなセリフが聞こえたけど、聞こえないフリして腕の中に顔を埋めた。
　代わりに、
「お菓子、楽しみにしてるから」
　寝言を囁くように、そう言った。
　前を向いて授業の準備をしている瀬戸の耳に届いたかどうかはわからないけれど、あたしは気にせず眠りに落ちていった。

＊歌

　翌日、あたしの下駄箱にはまっ白な便せんが一通入っていた。
　まちがいなく瀬戸からの手紙だ。
　名前すら確認せず、あたしはすぐにそれをカバンの中にしまった。
　折れたりしないよう、ノートの間に挟みこんで。
　……瀬戸は今回、どんな手紙をよこしたのだろう。
　なんかちょっと気になるじゃない。
　気にはなるけど、教室では読めない。
　あたしがそう言ったんだし。
　トイレに寄っていく？
　トイレなら個室だし、バレないよね。
　でも、あんまり時間なさそうだな。
　スマホをポケットから取りだし、ホーム画面を起動させる。
　時刻は８時34分。
　あと６分でＨＲ(ホームルーム)が始まってしまう。
　仕方なくスマホをポケットに戻し、肩から下げてるカバンをかかえなおして教室へと向かった。
　教室に着くと、瀬戸は足を組んで窓の外を覗いていた。
　そんな彼の後頭部を見おろしていると、頭部に渦巻(うず)くものが無性に気になった。
　なんでかわかんないけど気になって、気が向くままに押

してみた。
「……っ!?」
　想像どおり、びっくりした顔で振り返って後頭部を押さえているけど、その時にはもうあたしは素知らぬ顔で席に着いていた。
「おはよ。なに？　どうかしたの？」
「下痢になったら秋月のせいだ」
　そう言って、うらめしそうにあたしをにらむ。
　透きとおった瞳は淀みがなく、あたしを一直線ににらみつづけている。
「あたしの前の席の人は朝からなんて下品なことを言うのかしらね」
　はて？　なんて首を傾げてとぼけてみるけど、瀬戸の鋭い視線は緩まない。
「秋月のせいだ」
　とぼけるあたしを無視して、同じことを繰り返し言う。
　そんなに怒ったの？
　普段から下痢気味だから図星付かれて恥ずかしいとか？
　とにかくあたしは知らないフリをすることにした。
「言ってる意味がわかりません」
「…………」
　この１ヶ月でわかったこと。
　瀬戸は怒るとしつこい。
　今もうらめしそうな顔であたしを見ているし。
　いつもは壁に背中を預けて、顔だけこっち向けているの

に、今は体ごとこっち向いてじっと見てくる。
「……」
「……なに？」
「……」
　瀬戸は、なにも言わない。
　ただ見てるだけ。
　視線が痛い。
　いつもはお日様のように眩しい笑顔も、厚い雲に覆われて垣間見ることさえできないようだ。
　とにかく、居心地が悪い。
「……そんなに怒らなくっても、いいじゃん」
「最近、秋月が勘太郎と仲がいいワケがわかってきた気がする」
「どういうこと？」
「似てるってこと」
「どこがっ！」
　なんて失礼な話だ。
　あたしとカンを一緒にするなんて。
　どこが似てるのかもわからないし。
「今の発言に対して、瀬戸を名誉毀損で訴える」
「その発言は、勘太郎に対する名誉毀損だよな」
「いつからカンの味方になったのよ」
「それは断じてない」
　そこだけはきっぱり言い返すんだね。
「あっ、そうだ。それより……はい」

そう言って突きだされたのは、箱に入ったスティックタイプのチョコレート。
「昨日の報酬な」
　ああ、なるほど。
　脈絡なさすぎて一瞬なにかと思ったけど。
　……っていうか。
「今回はものすごく庶民的なのになったね」
「……毎回あんなもの、買えるかよ」
　だろうね。きっと精神的にも金銭的にもキツイよね。
「それに秋月、またいつやめるって言いだすかわかったもんじゃないからな」
「えー？　だからこそ、胃袋掴むもんでしょう？」
「それは無理だろ。秋月の胃袋、底なさそうだし」
　なんて失礼な。
　それ、花の乙女に言うセリフじゃないでしょ。
「……瀬戸がモテない理由、わかった気がする」
「それ、さっきの仕返し？」
　ギロリとにらむ瀬戸。
　また怒った。
　ホント短気だよね。
　でも今回は瀬戸が悪いんだからね。
　怒っている瀬戸を無視して、チャイムが鳴るまで寝よう。
　あたしは机に伏せて、チャイムが鳴るのを待った。
　瀬戸は今もこちらをにらんでるに違いないけど。
　受けとったお菓子をしっかりと抱きかかえながら、あた

しは瞼を下ろす。
　同時に少し遠くでチャイムの音が鳴りひびくのが聞こえて、その音があたしを眠りの中へと誘っていった。

秋月艶子さま

――散るとみてあるべきものを梅の花うたてにほひの袖にとまれる　（注：2）

僕はおろかしく、欲深い。
君を遠目に見ていればよかったんだ。
それなのに、僕は君に近づいてしまった。
予期せぬことだったとはいえ、僕はそんな環境さえも利用し、どんどん君に近づいた。
君は、凛と咲いた一輪の花。
香しく、美しい。
花の魅力は誰もが知っている。
だからこそ花の周りにはいつでも蝶や鳥が取りかこんでいる。
誰もが求めて、誰もがその魅力の虜になって……。
僕は知ってしまった。
近づいてしまった。
もう前のように、遠くから見ているだけなんてできやしない。
一度嗅いでしまった香りの魅力からは、自分では逃れることができないのだから。

瀬戸文章

……瀬戸ってば、詩人じゃん。
　あたしは瀬戸にもらったスティックチョコレートをかじり、口を動かしながら手紙を見つめている。
　瀬戸が書いた２通目のラブレター。
　正確には３通目。
　だけど、一番最初のはラブレターとしてカウントしてないし、なんなら破いて突っ返したし。
　だからこれがあたしの手もとにある２通目のラブレター。
"散るとみてあるべきものを梅の花うたてにほひの袖にとまれる"
　前回あたしが百人一首から引用したのと同様の手口で、瀬戸も和歌を書いてきた。
　けど国語が苦手なあたしは、和歌なんてまったくわからないし、知らない。
　百人一首だって一首も覚えてないし。
　前の手紙もネットで検索しただけだし。
　だから瀬戸の和歌もネットで検索してみたら、速攻ひっかかってきた。
　歌は既存のものだった。
　まぁ、当たり前か。
　瀬戸も和歌が詠めるほど古典が得意なら、こんなラブレターのやり取りをしようだなんて言わなかっただろうし。
「花が散るのを眺めて終わってしまうべきなのに、梅の花はよけいなことにいつまでも袖に移り香となって残っていることよ……か」

古今和歌集、素性法師の歌。
——いつかは散るものだと思って、達観しているほうがいいのに。困ったことに匂いが袖に留まってる。
なんだか、とても切ない短歌だ。
ラブレターって、告白だよね？
結果はわからないはずなのに、フラれることを前提で書いてるのってどうなの？
なんていうか瀬戸の手紙ってどっか線が細いというか、自信なさげというか……。
まぁ、それも"設定"なのかもしれないけど。
あたしも瀬戸に恋する女子って設定だし。
設定はバリエーションがいろいろあるほうがおもしろいに決まってる。
そう思ってあたしはベッドから跳ねおき、机に向かった。

あれから1ヶ月が過ぎ、あたし達は幾度となく手紙を送りつづけた。
ラブレターという名の手紙。
そこに綴られた内容に一切真実なんてものはなく、すべて偽物ですべて偽りの恋心……。
さすがに毎日とはいかず、不定期に下駄箱の中へ投函するラブレターの設定は、早い段階で底をついた。
ある時は、先輩に恋をした設定。またある時は部活で恋に落ち、またまたある時は転校生に恋をした設定……。
いろんな設定を考えて書いて、それでも底をついたあた

しは、学校という枠を外し、空想の世界で恋に落ちたというちょっぴりファンタジーな手紙まで書いたこともある。

　平安時代の設定で和歌や短歌を送ったり、はたまた通学途中や、旅行先で出逢って恋に落ちたり……。

　そんなふうに手紙をやり取りしつつ、休み時間には他愛ない会話をしているうちに、あたしと瀬戸の仲は自然と深まっていた。

「ツヤコ、また朝から寝ようとしてるだろ」
「成長期だし？　アキももっと寝れば背が伸びていいと思うよ」
「それ、朝からケンカ売ってる？」
「朝からそんなこわい顔しないでよ。アキのことを思って言っただけなんだから」
「余計なお世話だ」
　あたしとアキはいつの間にか名前で呼ぶ仲になっていた。
　キッカケはなんだっけ？
　たしかカンにつられて、あたしのことをツヤコって呼んだのが始まりだったと思う。
　あたしもカンにつられるように瀬戸のことをアキって呼んでいた。
　お互いごくごく自然な流れで。
　それだけあたしとアキと、ついでにカンは一緒にいた。
　アキとカンはいつも男子とつるんでるせいか、一緒にあたしがいるのがめずらしいらしく、べつのクラスの友達に

は不思議がられたり、「付き合ってるの？」なんて言われることもあった。

今まではカンと言われることが多かったけど、最近はアキとの仲も疑われてたりするらしい。

本当にみんな、そういう噂話好きだよね。

「……瀬戸くんって、カッコいいよね」

そう言ってほんのり頬を赤らめたのは隣のクラスの友達、まおみだった。

……ん？

「瀬戸って、あたしのクラスにいる……？」

「そ、艶子の前の席の瀬戸くん。他に瀬戸って名前の男子いないでしょう？」

そうなの？　でもあたしは他のクラスの男子全員の名前なんて知らないし。

「背が低くてもいいの？」

アキはあたしと変わんないくらいの身長だよ？　まおみのがアキより背が高いと思うけど。

そう思いながら目の前に置かれたポテトに手を伸ばし、一緒に注文したシェイクをひと口飲んだ。

まだまだ育ち盛りなあたし達はお昼ごはんのお弁当だけではお腹がもたない。

だから今日は地元が一緒のまおみとファーストフードで夕食前の腹ごしらえ。

「身長なんてまだこれから伸びるでしょ」

「じゃあ、まおみはアキのどこがいいの？」

「どこって、カッコいいじゃない」
　だからどの辺りがカッコいいのか知りたいんだけど。
　べつにアキをディスってどうこう言っているわけじゃない。
　ただ、他の人はアキのどこをかっこいいと思うものなのか知りたいだけ。
「顔もいいし、サッカーしてた時の瀬戸くん超かっこよかったんだから」
「えっ!?　部活してた時からそう思ってたんだ」
「なに言ってんのよ。みんな前から言ってたわよ」
　知らなかった……、そんな噂話まであったんだ。
　これはアキに報告しなくては。
　アキがサッカー部に入った成果はあったんだってことを教えるためにも。
「でも、艶子はいいなぁ。瀬戸くんと名前で呼びあうくらい仲いいし、同じクラスの上に席も近いし」
「そう？」
　まぁ、アキと友達になれたのはよかったなって思うけど。
　いいヤツだし、おもしろくて話してても飽きないし。
「艶子は案外近くにいすぎて気づいてないのかもねー」
「なにに？」
「瀬戸くんのよさに、だよ」
　アキのよさに……？
　いやいや、それにはちゃんと気づいてる。
　だってアキはすごくいいヤツなんだから。

カンとは違ってちゃんとしてるし、常識人だし、国語は不得意だけど他の科目は成績いいし。
　ラブレター書こうなんてバカな提案してくる変なヤツではあるけど、ちゃんと約束どおりお菓子はくれるしノートも取らせてくれる。
　いつもお日様みたいに笑ってるし、見てるだけでこっちまで楽しい気分になるし。
　いいヤツだってこと、あたしだって知ってるつもりだ。
　ふと気づいた時、まおみがあたしを見つめて小さくため息をこぼした。
「艶子が瀬戸くんと付き合ってないっていうのなら、今度わたしとの仲を取りもってよ」
　べつにいい。
　そう返事をした……つもりだった。
　けれどなぜか、言葉は出てこない。
　おかしいな？
　そう思って喉に手を当ててみるけど、やっぱりうまく言葉が出てこない。
　まるでケーキの絞り袋のみたいに喉の内側をギュッと絞られて、声を出せなくされているみたい。
　それにお腹に力が入らなくって、胃の辺りがもやもやする。
「はー、やっぱりねぇ。そうじゃないかと思ってたけど」
　なにが？　なにがやっぱりなの？
　まおみは頬杖をつき、投げやりになってポテトをもぐもぐと食べだした。

……ちょっと、なんで怒ってるのよ？
　そう思ってあたしはふたたびシェイクを手に取った。
　絞られている喉に流しこむと、ひんやりとした冷たい喉ごしを感じさせながら胃の中へと流れていく。
　けれど、その甘さが余計に喉を締めつけていた。
「まぁべつにいいけど。ちょっとかっこいいなーって思ってただけだし。どうせ接点のないわたしなんて勝算ないことぐらいわかってたし」
　まおみはもりもりポテトを口に含んでは、オレンジジュースでいきおいよく流しこむ。
「瀬戸くんとあんなに仲いい女子って艶子くらいだし……。ってさっきから聞いてる!?」
　バシッと乾いた音と共に、ピリピリとする痛みが走る。
「げほっ！　げほげほっ！」
　まおみに思いっきり背中を叩かれた。
　元バレー部でスパイカーの平手打ちはなかなかの威力。
　おかげで声出たけど。
「聞いてるって」
「とにかく艶子、頑張んなさいよ。じゃないと瀬戸くん、すぐ誰かに取られちゃうかもしれないからね！」
　なんでそんな話になるのよ。
「べつにそんなんじゃないし。普通に友達だし」
「嘘ばっか。そんなこと言ってないで、いい加減気づきなさいよ」
「気づくって、なにに？」

気づけと言われても……、だから、アキは友達なんだってば。
「早くしないともうすぐ席替えでしょ？　また離れちゃうかもしれないじゃない。そしたら今みたいに話す機会もなくなるかもしれないわよ」
　席替えか……そうだ。
　そっか、もうすぐ席替えなんだよね。
　今の席になってもう３ヶ月が経っちゃうんだ。
　あたしがぼーっと考えこんでる間に、まおみは最後のポテトを食べおわり、ズズっと音を鳴らしていきおいよくオレンジジュースを飲みほした。
「わたしそろそろバイトの時間だから、先行くね！」
「あっ、ああ……うん。頑張って！」
　まおみは高校に入ってからコンビニでバイトを始めた。
　始めてもう半年以上経つけど、なんとか続いてるらしい。
　スクールバッグを肩から下げて、紺のプリーツスカートについていたポテトの塩を払いおとしながら駆けだした。
「うん！　艶子こそ、頑張るんだよ！　じゃねっ」
　ふんわり巻いた長い髪を揺らしながらまおみは店を出ていった。
　なにを頑張れっていうのよ。
　跳ねるように出ていく彼女のうしろ姿を見つめながら、あたしはすでにぬるくなってただ甘いだけのシェイクを、最後のひと口まで飲みほした。

第3章
空想ラブレター

＊変化

秋月艷子さま

僕は今、空に浮かぶ月を見あげています。
今日は満月。
あなたが今いる場所からもこの月が見えているのでしょうか。
同じ空をあおいでいるのでしょうか。
僕とあなたとの間にたいした接点はありません。
けれどたとえどんなに小さな接点だとしても、それでも僕には小さな希望となって明日への勇気がわいてきます。
同じ空の下、同じ空を見あげている……、それすらも繋がりなのだと思い、そんな小さな繋がりさえも特別に思えるほど僕は、あなたが愛おしくて仕方ありません。
同じ時代に生まれたというだけで運命だと思うほど、あなたへの想いは増すばかり。
こんな僕を、滑稽だとあなたは笑うかもしれません。
愚拙なヤツだと思われるかもしれません。
けれど、それでもいいのです。
たとえ笑われたとしても、かまいません。
だって、僕の想いは今も枯れることなく溢れるばかりですから。

少しくらい冷たくされたほうがいいのです。
願わくば……僕が想う気持ちのたった1㎜程度でも、あなたが僕を想ってくれますように。

ずっと、好きでした。

瀬戸文章
——————————

アキってば本当、詩人だな……。
　最近とくにそうだ。
　読んでるとこっちが恥ずかしくなってくる。
　胸の奥がむずかゆい、そんな感覚。
　くすぐったくて、つい読むのを止めてしまう。
　だから最後まで読むのが一苦労だったりする……。
　あたしとは違って、アキの書く手紙はいつも距離が感じられる。
　遠くから見つめてるぐらいの距離感。
　手が届かない……そんなニュアンスをいつも含んでる。
　きっとアキのほうがあたしよりひねりが足りないんだと思う。
　それはたぶん、アキが真面目だから。
　あたしよりも、きっと。
　暇つぶしにって提案してきたのはアキなのに、少し遊び心が足りないんじゃない？
　まぁ、いいんだけどね。

「ツヤコ」
　呼び声と共にあたしがうつ伏せになっている机がガタガタと揺れる。
　地震……？　なんて、そんなわけない。
　揺れてるのは机と伏せてる上半身だけだから、これはアキが原因に決まってる。
「んー？」

「ほら、昼だぞ。起きろって」
　あっ、もうそんな時間？
「んんっ、英語の時間じゃないの？」
「バーカ、それは2時間目の授業だろうが。どんだけ寝てんだよ」
「どれだけでも寝れる」
「マジで寝過ぎだろ」
　あたしは気だるさを感じながらグッと両手を伸ばした。
　まるで猫が伸びをするかのように。
「今日はあの子、来ないんだな」
「んー？　あの子って？」
　伸びをしてもまだ覚醒しきれない。
　あくびをして窓の外から差しこむ光に目を細めた。
　本当にあたし、寝すぎかもしれない。
　昨日何時に寝たんだっけ。
　そんな遅くなかった気がするんだけど。
　アキはカバンから購買で買ってきたパンを3つ取りだした。
　焼きそばパンにチョココロネとカレーパン。そして自販機で買ったのであろう缶コーヒー。
　アキのお昼ごはんはだいたいいつもこの組みあわせだ。
　アキは購買部派。
　あたしはお母さんのお手製お弁当派。
「ほら、いつもお昼になったら呼びに来るだろ？　2組の女子」

「ああ、まおみね」
「そうそう、たしかそんな名前の。今日は一緒じゃないんだな?」

　いつもはまおみを含め、仲のいい友達4人でお昼を食べている。

　けど、まおみは今日は当番でいろいろと忙しいらしく、ほかのふたりは学校を休むって連絡が来ていた。
「うん、今日はいいんだ。そういうアキこそ、カン達といつもつるんで食べてるのに行かないの?」
「行かない。べつに約束してるわけじゃないし。それにあいつらうるさいからな、たまにはゆっくり昼を食べるのも悪くない」
「ふーん」

　あいまいに返事をして、あたしはカバンの中からお母さんお手製のお弁当を取りだした。

　アキはいつもみたいに壁にもたれかかって焼きそばパンを頬張っている。

　太陽がバックに輝いていて、アキまでも輝いていて眩しく見える。

　……うん、なんかみょうに緊張(きんちょう)してきた。

　お弁当のふたを開けると、ウインナーや卵焼き、ミートボールにプチトマト。そしてのりたまふりかけが1食分入っている。
「それ、ツヤコの手作り?」

　半分の長さになった焼きそばパンを片手に、マジマジと

お弁当の中身を物色してくる。
「まさか。お母さんが作ってくれたんだよ」
「っそ」
　もぐもぐもぐ。
　そんな擬音(ぎおん)が聞こえてきそうなほど、おいしそうに焼きそばパンを頬張るアキ。
「アキはいつもパンだよね」
「たまに学食で食べるけどな」
「ふーん。学食でなに食べるの？」
「うどんとか？」
　なんでそこ、疑問形？
「ふーん。あっそ」
　あたしはそう言って、卵焼きを頬張る。
　……ん。
　あれ？　どうしたんだろう。
　お母さんってば、今日はやけに薄味だな。
　いつもは少し甘すぎるぐらいの卵焼きが、今日は甘いどころか味がしない。
　卵焼きだけじゃなく、ウインナーもミートボールもプチトマトも。まったく味がしない。
　……これはきっと、まおみのせいだ。
　この間まおみが変なこと言ったから、あれから変にアキのことを意識してしまっているんだと思う。
　なんとなく居心地の悪さを感じたあたしは……。
「ちっ」

思わず舌打ちをこぼしてしまった。
「えっ、なんだよ。おれ、なにもしてないぞ」
「あっ、違う違う」
「でも今、舌打ちしただろ。昼飯食ってる時まで舌打ちってなんなんだよ」
　そう言ってアキは笑った。
　アキの泣きぼくろまで愉快そうに笑っている。
　なによ、人の気も知らないで。
　なんて、アキからしてみれば理不尽でしかないあたしのイラ立ち。
　それがわかっていても、腹が立つ。
「ちっ」
「うん……。今のは完全に俺に対しての舌打ちだな」
「違う。してない」
「嘘つけ。ちゃんと聞こえてるからな」
「舌打ちじゃないってば。今のは鼻歌だから」
「ははっ、どこがだよ」
　アキがふたたび笑った。
　今度は豪快に声をあげて笑っている。
　陽だまりの笑顔を見て、胸の奥にグルグルとうごめくなにかを感じたけれど、気づかないフリをしてあたしも笑った。
　アキが笑うとこっちまでつられてしまう。
　彼の笑顔は人を幸せにすると、本気で思った。
「おーい、アキー！」

教室にとどろくほどの音量でアキを呼びながらカンがやってきた。
「お前、なんでこんなとこで飯食ってんだ？」
「お前が暑苦しいから避難(ひなん)してんだよ」
「はぁ？　なにをいまさら」
「ぶふっ」
　思わず噴きだしてしまった。
　自分のことを暑苦しいってのは認めるんだなと思って。
「なんだツヤコ、今日はぼっちかよ。まおみのところに行かなくていいのか？」
「今日は当番で忙しいんだって」
「ふーん……。それでアキとふたり仲よく飯食ってんのかよ」
　カンはアキの机に軽く腰を下ろし、目を細めてじっと見つめてくる。
　探るように。あたしの心の奥の奥まで見すかそうとでもするように。
　カンの黒い髪が風になびき、その度にあたしの心臓も音(かな)を奏でる。
　……なんかわかんないけど、居心地が悪い。
「カンこそ飯は？　学食行くんだろ？　みんな待ってんじゃんかよ」
「またそうやって俺を邪魔者(じゃま)扱いする。アキちゃん冷たい〜」
「キモッ！　早く行けよ」
　背中を押し、しがみつくように座っているカンを引きは

なす。
「わかったよ！　行くって」
　カンは身長が高いから、机の高さなんてものともせず、小さくぴょんと跳ねて飛びおりた。
「なぁ」
「なんだよ」
　まだなんかあんのかよって表情でアキはカンを見やり、カンはその視線をまっすぐ見つめ返し、言った。
「……マジでツヤコとお前、付き合ってないよな？」
　思いがけないカンの発言に……危うくミートボールを落としそうになった。
「は、はぁぁ……!?」
　お箸の間をすりぬけて逃げだそうとするミートボールをお弁当箱でキャッチし、机に落ちなかったのを確認しつつ、カンを穴が開くほど見つめた。
　カンがどんな顔してそんなことを言ったのか、たしかめたくて。
　最近、いろんな人からよく言われるけど、まさかカンの口から聞かされるとは思ってもみなかった。
　あたし達とよくつるんでるカンまでそんなこと言うなんて……。
「なんでそうなるのよ」
「なんだ、違うのかよ」
「違うし！」
　あたしがそう言うと下がっていた口角をあげて、ニヤリ

と微笑んだ。
「それもそうか。アキはずっと先輩一筋だもんな？」
「ばっ！　ちげーし！」
　せん、ぱい……？
「さっさとあっち行けって！」
「なんだよー、照れることねーじゃん」
　背中を向いていたカンが、ふたたびアキのそばに戻ってきた。
　不愉快なほどに、憎たらしい笑顔をしながら。
「はぁ？　照れてねーし！」
　いや、照れてるよ。
　アキ、自分じゃ見えないだろうけど、顔まっ赤だからね。
　太陽よりもまぶしく火照っているからね。
「一途だねぇ、アキちゃん」
「違うって言ってんだろーが！」
　アキの拳がカンの鳩尾に入った！
　……かと思ったら、リーチのある体はその拳をするりと避け、逃げるようにその場を立ちのいた。
「照れちゃって、か・わ・い・い」
「殺す！」
　身の危険を察知したカンは駆けだすように逃げていく。
　そのうしろを全速力で追いかける、耳までまっ赤なアキ。
　嵐のようにふたりが教室を飛びだしていった後、あたしの席は一気に静まり返った。
　……アキの好きな、先輩か。

いったいどんな人なんだろう。
先輩ってこの学校の人なのかな。
それとも中学の先輩?
さっき落としかけたミートボールを箸の先で突っつきながら、転がす。
口に運ぼうとして、やっぱりやめて、もう一度持ちあげた。
けれどミートボールが口の中に運ばれることはもうなかった。
まだ中身の残っているお弁当箱のふたを閉じ、そのまま机に伏せて目を閉じた。
「なーんだ。ちゃんと好きな人、いるんじゃん」
口の中でそう呟いて。

＊距離

アキへ

あたしは今、火星にいます。
この手紙を流星に乗せて、地球に送ります。
ちゃんと届くかな？　大気圏(たいきけん)で燃えつきたりしないかな？
人類が宇宙を旅行できるようになって、あたしは火星に旅立ちました。
旅立ってからというもの、毎日宇宙船の中でアキを想ってる。
不思議だね。
同じ惑星(わくせい)にいた時はこんな気持ちにならなかったのに、今はアキに会えなくて寂しいと思ってる自分がいる。
何億km離れて初めて気がついた。
あたしはアキがいないととても寂しい。
これだけ距離が離れて、初めて気づくなんておろかでしょ？
いいよ、笑ったって。
あたしはアキの笑った顔が好きだから。
せっかく旅行に来たっていうのに、もう地球に帰ることばかり考えてる。
あたしが無事に帰ったら、迎えにきてくれる？

あたしの好きなアキの笑顔で迎えてくれる？
もうすぐ、戻るから。

　　火星にいる　ツヤコより

「えっ！　どーしたの、これ」

あたしの机にポンと置かれた小さな包み紙。

ピンク色の包み紙にはローマ字で『キイチゴ』と書かれている。

「これって、これってっ、"キイチゴ"のお菓子だよね！」

ホントに？

すっごくうれしい！

スターズスイーツもそうだけど、これもお取りよせ人気ナンバー１のお菓子じゃん。

人気すぎて取りよせるのに１ヶ月待ちだって聞いたことあるし。

「そ。今回は奮発した」

「えっ、なんで？」

「なんでって……この間の手紙の報酬と、もうちょっとで３ヶ月経つからな」

なに、その記念日的発想。

しかも３ヶ月って超中途半端じゃん。

「それで、こんないいものくれるの？」

そう言うと、アキはムッとした顔であたしをにらんできた。

鋭く尖った目尻が、さらに切れ味を増してる。

でもなんで……？

「だっておれ達、もうすぐ席が離れるかもしれないだろ」

「あっ、そっか。そうだよね……」

席替えなんてもっと先のことだと思ってたけど、この席になってもうすぐ３ヶ月経ってしまうんだなぁ。

なんか、感慨深い。
　長いようで、あっという間だった。
　あたしとアキの距離が縮まった席替え。
　3ヶ月前のあたしは、アキとこんなふうに仲よくなれるなんて思ってもいなかった。
　ましてやラブレターを交換しあう仲になるなんて思わなかったし。
「まぁ、席が離れても手紙は続けるからな」
「うーん……」
「なんで素直に賛同しないんだよ」
「なんで賛同すると思うのよ」
「だって当たり前だろ。そういう約束だったし、おれもちゃんと約束守ってるんだから」
　たしかに。
　手紙を書いてきた次の日は、ちゃんと報酬のお菓子を持ってきてくれている。
　それにテストの時はヤマを張ってくれるし、ノートだって見せてくれるけど。
　でも正直、最近ではラブレターを書くこと自体、ちょっと楽しくなってきていた。
　ネタは尽きてきたけど、いろいろ考えて書くのはちょっぴり楽しかったりする。
　それをアキに言ったりはしないけど。
　なんとなくシャクだし、もっと大変なことを要求されたら嫌だし。

あくまでこっちは付き合ってあげてるんだってスタイルが一番いい。
　……だけど、それでもちょっと悩んでしまう。
　席が離れるのなら、もうこんなラブレター交換なんてふざけたことしなくてもいいんじゃないかって、思えて。
　だって、始まりはアキの暇つぶし。
　もっといえば、この席になったから始まったこと。
　この席にならなかったら、きっと今頃アキとは仲よくなっていなかったかもしれない。
　仲よくなる前のアキは、どこか距離を感じるクラスメイトだった。
　カンやほかの男子とはよく話してたし、よく笑っていた。
　楽しそうに、お日様みたいな笑顔で。
　なのになんでだろう……。
　単なるクラスメイトってだけで、どこか一線を引かれてるように感じていた。
　とくに話すこともなかったし、席も離れてたから同じクラスメイトだというのに、ろくに会話もしないまま半年が過ぎてたけど……。
「ツヤコ？」
　ふたつの大きな猫目が、あたしを不思議そうに見つめている。
　右に流れた前髪がはらりと落ち、彼の瞳をほんのり隠した頃、あたしは目を逸らし、机に顔を伏せた。
「……ううん、なんでもない」

トントントン——。
　小さくノックする音が聞こえる。
　その音はあたしの胸の奥、心臓のそばで聞こえている。
　扉をノックするように、なにかを開けようとしてるみたいに。
　……ああ、夏も終わって冬の匂いがしはじめてるというのに、体がみょうにポカポカする。
　そんな心地よい温もりを感じながら、あたしは目を閉じた。

第3章 空想ラブレター

秋月さん

面と向かって告白する勇気の持てない僕をお許しください。
一方的に手紙を書き、あなたの下駄箱へ入れた不甲斐ない僕を許してください。
意気地なしだと思われているかもしれません。
ですが、こうでもしなければ僕は一生、あなたに想いを告げることはできないでしょう。
この手紙も、何度も書きなおしました。
一文字書く度に、心の中で雄叫びをあげています。
自分の心の中に眠る想いを言葉にするのは、それほど勇気がいることなんです。
……少なくとも僕の場合は、ですが。
ペンを握る手に汗がにじみ、それでも必死に書いています。
あなたに"好き"を伝えたくて――。

瀬戸文章

「よっす、ツヤコ」

「よっす、カン」

　最近また身長が伸びてきたカンが、あたしを見おろすように見つめてる。

　一時期はカンに見おろされてることにイラッとしていたけど、それももう過去のこと。

　今やあたしとカンの身長差は30cmに到達してる。

　それだけ差ができればもう吹っきれるというものだ。

　それにカンはただでくのぼうになっただけだけど、あたしは中身がグンと成長しているし。

　人は見た目じゃなく、中身が大事だしね。

「……なぁツヤコ。今、おれのこと、見くだしてたろ」

「なんでそう思うのよ」

「ツヤコの目がそう言ってる」

　目は口ほどにものを言う。

　まさにこのことだね。

「安心して。カンを見くだすなんてこと、今に始まった話じゃないし」

「今に始まったことじゃねーけど、朝から絶好調にひどいヤツだな」

　そんな言葉には耳をかさず、あたしは下駄箱から上履きを取りだす。

　カンは男子だから隣の下駄箱。

　けどもう靴は履きかえてみたいで、あたしが靴を履きかえるのをスマホを触りながら待っている。

先に行けばいいのに。
手紙持ってきたけど、入れられそうにないなぁ。
手紙を入れるのってけっこう大変なんだよね。
人がいたら入れにくいし、いない時間を狙うとなると、朝早い時間か、授業が始まるギリギリの時間、もしくは放課後……。
今日はとりあえず放課後まで様子みようかな。
「あっ、アキだ。おーい！」
下駄箱付近に多くの生徒がごった返す中、カンは窓辺から中庭を覗くアキを見つけた。
あたしはカンの視線を追う。
カンってば、あんな遠くにいるアキを見つけるなんて……。
ホントふたりは仲がいいな。
「おーい、アキー！」
ふたたび叫ぶカン。
けれど、距離と人の多さにカンの声はアキに届かない。
……ってか、アキってば、ぼーっとしてなにしてるんだろ？
「アキー！　おれを無視するとはいい度胸だな！」
そう言いながら、カンはアキの元へと一目散に駆けだす。
背の高いカンは周りの人より頭ひとつ分抜けでている。
そんな長身男が全速力で走ってくれば、誰もが道を開けずにはいられない。
みんな驚いて道を譲ってる。
なんかよく知らないけど、モーゼの滝ってこんな感じ？
そう思いながらカンが開いた道が閉じてしまう前に、あ

たしも後を追った。
　カンのバタバタと走る足音のせいか、殺気を感じてか、あたし達が窓辺に着く前にアキは振りむいて、ギョッとした表情を浮かべてた。
「なっ、なんだよ！」
「おれが何度も呼んだっていうのに無視するとはどういうことだ！」
「知るかっ！」
　アキはその場を立ちさろうとしたけれど、駆けだすよりも先にカンがアキの体を捕らえた。
　そして素早く首に腕を回して、うしろから羽交いじめにする。
「か、んた、ろ……離せよっ……！」
「おれを無視した報いだ。愛のムチとしてありがたく受けとれ！」
　なにそれ。
　かなり歪んだ愛だな。
「しかしお前、ここでなに見てたんだ？」
　しっかりアキを捕らえたまま、カンは窓の外を覗く。
　朝の爽やかな風が頬を撫で、冷たい空気があたしの肺を満たしていく。
　……ああ、あたしの好きな季節はもうどこかへ行ってしまったんだな。
　今年は例年よりも暖かいとはいえ、もう12月。
　寒いのは苦手だ。暑いのも嫌だけど。

「あっ！」
　その時だった。
　カンが突然、興奮(こうふん)をおさえきれない様子で声をあげた。
「なんだよー、やっぱりお前ってヤツは……」
　ニヤつくカン。
　片手でアキの頭にグリグリとげんこつを食らわせながらニヤついている。
　それは人を無性にイラつかせる笑みだと思った。
「やっぱりってなに？　なにかあるの？」
　あたしはカンから視線を外し、外を見やる。
　これ以上カンの笑みを見てたらイラつくから。それに、カンが言ってるものがなんなのかも気になっていた。
「中庭に雪村(ゆきむら)先輩がいるんだよ」
「雪村先輩？」
　誰、それ。
「ほらあそこにいるのが……」
　カンが指を差した先を追おうとした時、アキはカンのスネを蹴りあげた。
「いってぇ！」
「それはこっちのセリフだろうが！」
　悶(もだ)える長身男。
　アキは、そんなカンを吐きすてるように一瞥(いちべつ)し、立ちさった。
　立ちさる瞬間、一瞬あたしとも目が合ったけど、とくになにも言わず行ってしまった。

……あっ、もしかして。
「ねぇ、カン」
「なんだよ」
　まだアキに蹴られた所が痛いのか、カンは涙目で廊下に座りこんでる。
　ひさしぶりにカンを見おろす感覚に、ちょっぴり優越感を覚えながら聞いた。
「雪村先輩ってもしかして……、前に言ってたアキの好きな人？」
「……なんだ、今日はやけに冴えてるな」
　スネを抱きしめるようにさすりながら、涙目の瞳はふたたびいやらしく微笑んだ。
　……やっぱり、ね。
　あたしはもう一度窓の外に目を向ける。
　冷たい突風があたしの瞳を乾かし、髪をかきみだす。
　だから冬は嫌いなんだ。
　風が止んで細めていた目を開けると、黒い髪が艶やかに輝く女子が校舎に入っていくところだった。
　頭のよさそうなキリッとした目鼻立ち。
　すっきりときれいな色の愛らしいアーモンドアイ。
　その瞳を輝かせながら口もとには笑みがこぼれていた。
　とても、きれいな人だと思った。
「あれが、アキの……」
　なんだ、アキってば、メンクイだったんだ。
　雪村先輩の残像が目の奥に残って離れなくて、あたしは

予鈴が鳴るまでじっと中庭を見つめていた……。

「ツヤコ」
「んー？」
　あたしは机に突っぷして眠たそうな声を出す。
　だけど今日にかぎって眠れない。
　こんなに眠るのが大好きなあたしが、授業中ほとんど眠れなかった。
「明日から期末テストだろ。いい加減起きて授業聞いたほうがいいんじゃないか？」
「うーん……ちゃんと家で勉強してるから大丈夫」
　なんて、家でもほとんどやってないけど。
　アキのノートは役に立つし、ちゃんとヤマを張ったところにも注意点まで書いてくれている。
　あたしは暗記するのは得意だから、アキにノートを借りるようになってから成績は少しだけ上がっていた。
　だから今回もきっと大丈夫。
「ホントに家で勉強してるのか？」
「うん、してるしてる」
　もちろん嘘だけど。
「それなら、いいけど……」
　ここで話が途切れた。
　でもアキは前を向いてはいないと思う。
　いつものように壁に背中を預けて座っているに違いない。
　だけど、あたしは顔を上げなかった。

どうしてかわからないけど、今はアキの顔を見たくなかったから。
　心の中がモヤモヤして、晴れない。
　今朝からずっと雪村先輩の残像が脳裏に焼きついて離れない。
　アキの好きな先輩。
　いつから好きなんだろう。
　この席になる前からだよね。
　少なくとも３ヶ月以上前から好きだよね。
　そんなことばかり考えていると、心がモヤモヤして全然眠れない……。
「なぁ、ツヤコ」
「んー？」
　今度はなに？
「……」
「……？」
　無言？　話しかけといて？
　少しだけ顔を持ちあげ、前髪の隙間から前の席を覗きみる。
　アキは相変わらず横を向いたまま、教室に目を向けている。
　あれ？　アキの声がしたと思ったけど、気のせいだった？
　そう思った瞬間、アキは口を動かした。
「知ってるか？　スターツスイーツが新しく店を出したらしいぞ」
　あっ、やっぱり空耳じゃなかった。
「うん、知ってる。今度は店内にカフェがあるらしいね」

イートインスペースができた分お店も広いし、なにより店内でしか食べれないスイーツがあるってまおみが言ってた。
　でもすごく混んでいるらしいけど。
「……今度、行く？」
「……」
　…………ん？
　んんんんんんん？
　それって。もしかして……。
「もしかして……おごってくれるってこと？」
「……まぁ、報酬としてな」
「行く！」
　やった！　うれしい!!

＊恋？

「なんでそーなるのよ！」
　そう叫んだのは、まおみ。
　今日はよく一緒に帰ってるまおみとテニス部の由美子、吹奏楽部のえりな。
　いつものメンバーでファーストフードに寄り道。
　これが、いつもお昼ごはんを一緒に食べているメンバーでもある。
　テスト前になると部活も休みになるから、こうやって下校途中にファーストフードに寄って帰るのはいつものこと。
　本来勉強すべき期間なんだけど、そんな考えはまったくないのがあたし達。
「それって、どう考えてもデートの誘いじゃない！」
「そんなわけないじゃん」
　きっとアキだってそんなつもりはないと思う。
　スイーツにくわしいから、じつは甘いものが好きな隠れスイーツ男子なだけじゃないかってあたしは思っている。
「絶対そうだって。ねっ、えりなもそう思うでしょ？」
　えりなはすすっていたストロベリーシェイクをテーブルに置き、んーっと唸りながら大きな瞳を天井に向けた。
「逆にさ、艶ちゃんはどうしてそうじゃないって思うの？」
「どうしてって……。アキには好きな人がいるし」
「それ、本当!?」

あたしの向かいに座るまおみがぐんと身を乗りだしてきた。
　まおみの反応のよさに、あたしは思わず身を引いた。
「それって、艶ちゃんじゃないの？」
「まさか！」
　あたしはちょっと大げさに驚いてみせる。
　だって、それくらいありえない話だ。
「じゃあ、誰なのよ」
　まおみがさらに乗りだした。
　やっぱりまおみはアキのことが気になってるんじゃない。
「まおみは瀬戸のこと、好きなの？」
「はぁ!?」
　さすが由美子。
　由美子の素早い切り返しに、あたしは開きかけた口をつぐんだ。
　静かにハンバーガーを頬張っていた由美子が、鋭く指摘する。
「違うの？」
　さらに追いこむ。
「違う。顔は好みだけど、断じて違うから！」
　あたしはまおみの鬼気迫る様子に身を引いて、思わず椅子に座りなおした。
　べつにあたしに向かって力説しなくてもいいのに。
　ってか。
「顔は好みなんだ？」

思わず突っこんでしまった。
「あたしはないなー。瀬戸って背小さいでしょ。無理無理」
「由美子から見たら、男子なんてたいてい小さい部類に入っちゃうでしょ」
　由美子は長身のスレンダー体型。
　テニスしているだけあって肌は年中こんがり焼けてるし、部活が厳しいから髪の毛もまっ黒。
　それなのに、みょうに色気があるのがうらやましい。
「わたしはただ、いい加減艶子に彼氏ができたらいいなーって思ってるだけよ」
「まおちゃんだって彼氏いないのに？」
「二股（ふたまた）かけるような人に言われたくないけどね！」
「違うよ。今は三股だし」
「もっとヒドいわよ！」
　胸もとまで伸び、ほんのり黄色味がかったカールを巻いた髪を指先でくるくるしながら、愛らしいチェリーピンクの口を尖らせるえりな。
　同じ女子から見てもかわいいと思う。
　これだけかわいければ彼氏のひとりやふたりくらいいても全然おかしくない。
「っで、艶子はどうなわけ？　瀬戸のこと好きじゃないの」
「なんでそうなるの」
「だって最近はお昼休み以外、あたし達のクラスに遊びに来ないでしょ？」
「いや、元々そんなに行ってなかったし」

まおみ達3人は同じクラスで、あたしだけ隣のクラス。
　まおみとえりなとは中学が同じ。
　まおみとは昔から仲よかったけど、えりなとは2年の終わりくらいからなぜか仲よくなった。
　そして由美子は高校に入って、ふたりが教室でよく一緒にいるからか、自然とあたしともつるむようになった。
　そして気づいたら4人でお昼を食べるようになっていた。
　でも、元々休憩時間は寝ていたいからあまりべつの教室に行くことはなかったはずだ。
　特別用事がなければメールやSNSで用事は済むし。
　だから前となにも変わってないと思うんだけど。
「うーん、たしかに最近艶ちゃんの登場回数減ったよね」
「えー？」
　まぁ、言われてみれば、最近は寝てるかアキと話してるかのどっちかかもしれない……。
　アキもあんまり席移動しないし。
「やっぱりその席、居心地いいんじゃない？」
　居心地……それはいい。まちがいなく、いい。
　なにせ一番うしろの席だし、最近は暖房がよく効いていて暖かいから余計に眠くなってしまう。
　だけど、アキと話していると楽しくて眠気も吹っとんでしまうんだよね。
「あっ！　わたしそろそろバイトの時間だわ！」
「えっ、今日もバイト？　テスト前なのに？」
「テスト前だからに決まってるじゃない。みんな休むから、

人が足りないのよ」
　勤労少女、まおみ。ホントよく働くなぁ。
「あっ、あたしもそろそろ行かなきゃ。彼氏と待ち合わせしてるんだー」
「あっそ。今日会うのはどの彼氏なの？」
「今日は３番目の彼氏かなー」
「サイテー」
　まおみとえりなは話しながら店を出ていった。
　店内に残されたのはまおみが注文したポテトの残りと、由美子とあたし。
　由美子は黙々とまおみの残していったポテトを食べている。
　さっき自分の分も食べたはずなのに……、やっぱり運動部は食欲も違うのかな。
　それなのに太らないってうらやましい。
　……まぁ話を聞いてると部活はハードそうだから、栄養は脂肪になる前にすべて消化してるんだろうけど。
「艶子」
「んー？」
　カリカリのポテトを探りながら話しかけてきた。
　由美子はカリカリの堅いポテトがとくに好きらしい。
「そのナゲット、食べないならちょうだい」
「まだ食べる気？」
　呆気にとられ、あたしはふたつ残ってたナゲットを無言で差しだした。

「艶子ってさ、男友達多いでしょ？ なのになんで彼氏作らないの？」
「……いや、べつに多くないと思うけど」
　なに？　突然。
「そう？　人見知りもしないし、壁も作らないでしょ？　強いて言うなら、休み時間は寝すぎなのが難点だけど」
「仕方ないじゃん。眠いんだから」
「部活してるわけでもないし、バイトしてるわけでもないし。放課後なにもしてないんなら、彼氏でも作ればいいのに」
「そんな気軽に言われてもねぇ……」
　由美子が最後のナゲットを飲みこみ、あたしはカフェオレをすする。
「瀬戸はダメなの？」
「出た！」
「なにが出た？」
　由美子はキョトンとした顔でふたたびポテトを漁る。
「またその話か、ってこと。さっきも言ったけど、アキには好きな人がいるんだってば」
「それ、瀬戸が言ったの？」
「いっ……」
　……た？
　ぐるりと脳内を一周する。
　言っては、ない、かな。
「でも言ったも同然だし。そもそも否定しなかったし」

それに顔まっ赤だったし。
　　　うん、まちがいないと思う。
「ふーん。じゃあ、艶子は？」
　　　はい？
「艶子は瀬戸のこと、好きじゃないの？」
「なんでそうなるの？」
「だって艶子、最近楽しそうだ」
　　　楽しそう？
　　　いや、むしろ……。
「いつもそんな楽しくなさそうにしてる……？」
「そうじゃないけど、なんかいつもよりツヤツヤしてる気がしてたから」
　　　ツヤツヤ？
　　　思わず頬に手を当て、窓に映る自分の顔を覗きこむ。
「ツヤツヤ……してる？」
「うん」
　　　そうかな。全然普段と変わんないけど。
「瀬戸じゃなくてもさ、艶子は誰か好きな人がいるんだと思ってた」
「……なーんかさぁ」
　　　思わず机に突っぷして、足をバタつかせる。
　　　なんだかとてもむしゃくしゃしてくるんだ、この手の恋バナしていると。
「由美子は同中じゃないから由美子の中学ではどうだったかわかんないけど、あたしの中学ってそういう恋バナで女

子同士の面倒くさいいざこざがあったりしてすごい嫌だったんだよね」

　誰々が誰々のことを好き。

　でもわたしのほうが先に好きだったのに……とか。

　誰々ちゃんは男子とばかり仲がいいとか、ぶりっ子してるとか。

　ホント、面倒くさかった。

「男子とつるめば男好き。好きな人を取った、取られた……。もうそういう話ばかりで、いい加減にしてって感じだったんだ」

　もういい。その話、聞きあきたから。

　誰と仲がいいかなんかほっとけばいいのに。

　あたしはいつもそう思ってた。

「まぁ、想像はできるね」

「あたしは話したいと思う子と話すし、おもしろいと思ったヤツとつるむだけ。それだけなのに、そうするといろいろ言われるし、すごい面倒くさかったんだよね」

「ふーん。もしかして艶子、中学でも休み時間はよく寝てた？」

「寝るでしょ！　静かになりたかったんだもん」

　そのせいで寝るクセがついてしまったんだ。

　今では授業中でも関係なく眠たいし。

「前にえりなが言ってた。中学の時、男子絡みでいじめられたことがあるって」

　あー、あったなあ。

えりなとは友達になる前の話だったけど。
　噂にはなっていたからあたしも知っていた。
　"男好き"。"ぶりっ子"。これがえりなの代名詞だった。
「バカバカしいでしょ？　高校入ってなにがよかったって、あのバカみたいな日々はなんだったんだってくらい、みんな大人だったってことかな」
「まぁ高校生にもなって、そんなバカみたいなことでいじめなんてないからね」
「うん。ホント狭い世界で生きてたんだなって思うよね。それくらい高校生活は快適だな」
　１歳違うだけでこんなに世界は変わるのかって心底思った。
　つい昨年までは中学生だったくせに、高校生になったら中学生ってどれだけ子供なんだって思う。
「そうだね。でも艶子は部活もバイトもしてなくて、なにがそんなに快適なの？」
「なにがって、この環境がに決まってるじゃん。それに……」
「それに？」
　ポテトを食べおえた由美子の口が止まった。
　首を横に倒し、あたしを見つめている。
　その瞳をまっすぐ見つめ返し、あたしも首をひねる。
　……それに？　それに、なんだろう……。
　そのあとに続く言葉は出てこなかった。
「まぁ、あたしは今を謳歌できてるんだからいいのよ」
　そう言って、あたしは最後のひと口までカフェオレを飲

みほした。

第4章
幻想ラブレター

*手紙

_____

瀬戸文章さま

アキさんのお噂は、かねがね聞いております。
先日も藩主(はんしゅ)さまに見いだされて君側に侍(じ)したと伺(うかが)いました。
たいそうなご出世、おめでとう存じます。
時勢は険悪(けんあく)になり、騒然たる怒涛(どとう)のような世の中へ身を挺(てい)していかれるアキさんの御身(おんみ)を案ずるほかなにもできず、歯がゆい想いが増すばかりでございます。
「今度帰ってきたら……」
以前そんなひと言を残し、私の元を去ったことを覚えておいででしょうか。
私はその続きがたいそう聞きとうございます。

どうか、御無事で。
お帰りをお待ち申しております。

秋月艶子
_____

「あー、眠い」
　目が開かない。
　今日でテスト最終日だというのに、眠たさのせいでテストに集中できない。
　今日のテストは３時間目までだし、終わったら即行帰って寝よう。
　うん、そうしよう。
　とぼとぼと引きずるような足取りで学校の門をくぐろうとした時、アキを見つけた。
　同時に──心臓が止まるかと思った。
　校舎に入る手前で、木の陰に隠れるように立っている、そんなアキのそばにいるのは……雪村、先輩？
　うしろ姿だけど、きっとそう。
　この前見かけた姿が、まだあたしの瞼の裏に張りついて消えていない。
　あれはまちがいなく、アキが好きな雪村先輩だ。
　──チクリ。
　胸が疼く。
　悲しそうに、小さく悲鳴を上げながら。
　雪村先輩の顔は見えないけど、向かいに立つアキの顔はよく見える。
　アキ、頬赤いから。
　なにデレッとしてんの。
　そんなの、キャラじゃないでしょ。
　──ぎゅうぅ。

心臓が絞られるような痛みを感じ、あたしは足早に駆けだした。
　これ以上ここにいたら、胸が圧迫されて呼吸ができなくなりそうだった。
　だってだって、あたしが好きなアキの笑った顔、今は見たくない。
　胸の痛みに顔をしかめながら、ふとあることを思い出して、足を止めた。
　……あ、そうだ。……手紙。
　手紙を入れに今日は早起きしたんだ。
　必死に心臓の鼓動を抑えつけようと、深く深呼吸する。
　ドクドクドクドク。
　突然走りだしたせいで、呼吸が乱れている。
　寒い空気があたしの肺に充満し、鼓動を早める。
　きっとそう。
　これは走ったせいでドキドキしているだけ。
　そう思いながらあたしはアキの下駄箱へ向かった。
　いつもよりは人気が少ないけど、もちろん誰もいないなんてことはない。
　それでもアキの下駄箱付近に人がいなくなる瞬間はある。
　そんなたった一瞬を狙って、あたしは辺りをウロウロする。
　タイミングは一瞬。
　だってこれはラブレター。
　曲がりなりにもラブレターだ。

第4章　幻想ラブレター ≫ 139

　この中には妄想だらけだけど、れっきとした恋心が綴られてる。
　だから、誰かに入れるところを見られちゃいけない。
　そう思った瞬間、最後のひとりが上履きに履きかえて去っていく。
「今だ！」
　あたしは急いでカバンの中から手紙を取りだし、目当ての下駄箱へとまっすぐ向かう。
　アキの下駄箱は下から3段目。
　少し身をかがめて、手紙を下駄箱の奥へと押しこもうとしたその時──。
「……えっ」
　あたしの体はピタリと止まってしまった。
　アキの靴の上に、見なれない手紙があったから。
　かわいいキャラクターが描かれた封筒。
　冬なのに、水色と白のコントラストでとても爽やかな印象の手紙。
　これって……。
　おそるおそる手を伸ばそうとした背後で、続々と登校してくる生徒の声が校舎に響きわたる。
　気がつくと、あたしの右手は手紙を掴んで駆けだしていた。
　手紙は2通。
　誰からかわからない手紙を思わず掴んで、カバンにしまった。
"──すぐ誰かに取られちゃうかもしれないからね"

突然、まおみの言葉が脳裏を過る。
あたしはトイレの個室に駆けこみ、本鈴が鳴る直前までじっとこもっていた。
カバンをギュッと抱きしめながら……。

「ツヤコ、大丈夫か？」
「大丈夫」
「でも、なんかいつもと違う気がするんだけど……。風邪でも引いたか？」
「そんなんじゃないって。大丈夫だから」
　1時間目のテストが終わって、いつものように机に伏せていたあたしに、アキは心配そうに声をかけてくる。
けど今日は放っておいてほしい。
今は誰とも話したくない。
「……そっか、ならいいけど」
そう言ってアキは話を終える。
空気を読んで、それ以上なにも言わない。
こういうところがアキといて楽だと思う。
「おーい、ツヤコー！」
アキとは対照的に、空気を読めないヤツがひとり。
みんな次のテスト勉強をしている中、ドタドタと床を踏みならしやってくるのは、まちがいなくカンだ。
「ツヤコ、聞いてくれよ！」
うるさい。あっち行ってよ。
あたしは顔を上げず、伏せたまま寝たフリを決めこんだ。

「なぁって。今朝おもしろいモン見たんだって。なーなー」
　ホント、空気読んでよ。
「やめとけって勘太郎。ツヤコはテスト勉強で疲れてんだよ。そっとしといてやれよ」
「ははっ、まさか。ツヤコが真面目にテスト勉強するわけねーだろ」
　ムカッ。失礼な。
　たしかに……、たいしてしてないけど。
「それよりアキチャーン」
「なんだよ、キモい声出すなよ」
「今朝一緒にいたあの美人はどこのどなたかなぁ？」
　びくり。
　思わず反応してしまった。
　前髪の隙間から辺りを覗いてみると、アキの首に手を回しながらカンがニヤニヤいやらしい顔をしている。
　どうやらあたしの反応には気づいてないみたいだ。
　……よかった。
「なんだよ……。見てたのかよ」
「あんな入り口で話しこんでたら嫌でも目に入るだろうが。っで、なに話してたんだ？」
「なっ、なんでもねーよ」
　ふたたびアキの顔がまっ赤に染まってく。
「そんなわけねーだろ。大好きな先輩となにを話してたのか教えろって」
「だから先輩とはそんなんじゃねーってんだろ！　しつこ

いな！」
「照れるなよ。……はっ！　さてはお前…………告白したな？」
　カンは大げさに驚いた表情で、アキから一歩身を引き、あたしも思わず、顔を上げてしまった。
「あっ」
　……しまった。
　突発的な動きに、アキもカンもあたしを見てる。
「やっぱり起きてんじゃねーか。ほらな、ツヤコも気になるよな？」
　やめて。あたしに振らないでよ。
　アキの顔がさらに赤みを増して、あたしから目を逸らした。
「うるせーよ。そんなんじゃねーし」
　アキは立ちあがり、そのまま背を向けて教室を出ていってしまった。
　　次のテストが始まる本鈴と同時に教室に戻ってきたアキは、もう顔を赤くは染めていなかった。
　平然としたいつもの表情で、あたしには目もくれず席に着いた。

＊デート

　スピーカーから流れるチャイムの音と共に、教室内はざわめきだす。
　それまで時が止まったように静けさが広がっていた教室から一転、動きだした時が辺りをざわつかせる。
「ツヤコ」
　ざわめきの中でツンと耳に響く透きとおった声。
　たいして物が入っていない引きだしから教科書を取りだし、カバンの中へと詰めていく。
　そんな時、目の前の席の男子があたしを呼んだ。
「な、なに？」
　あたしは意味もなく、ドギマギしてしまう。
　思わずカバンを抱きしめてしまった。
　だってこのカバンの中には、アキ宛の手紙が入っているから……。
　それもあたしが書いたものではなく。
　あたしが書いたまがいものではなく、れっきとしたラブレターが。
　正直テストはめちゃくちゃだった。
　なにを書いたのかすら、すでに思い出せない。
　補習は免れないかも……。
　焦るあたしを見おろすようにアキは立っている。
　まっ、まさか……、手紙のことバレた、とか？

脈が速くなる。

窓際の寒い席のはずなのに、みょうに手が汗ばんできた。
「……今日、どうする？　体調悪いなら日を変えてもいいけど」
「今日？」

凛としたつり目は角を落とし心配そうにあたしを見おろしてる。

けど、アキが言っている意味がわからないあたしは、眉間にシワを寄せながら慌てて帰り支度を進める。

アキはなにを言ってるんだろう？

手紙のことではなさそうだけど……。

そんなあたしの心境を読みとったかのように、彼は突然顔を曇らせた。

理由はわからないけれど、機嫌を損ねてしまったのはまちがいないようだ。

でも、なんで……？
「もしかして、忘れてるんじゃないだろうな」

忘れる？
「……なにを？」

どうやらあたしは追いうちをかけて、アキの機嫌を損ねてしまったみたい。

気づかないうちに地雷を2、3個踏んでしまったようだ。

でも、どれが地雷だったの？
「なにをって……。テスト終わったらスターツスイーツ食べにいくって話だっただろ」

「あっ」
　思わずもれた声に反応したアキは、あたしを一瞬にらんでから、小さくため息をついてドカッと椅子に座りなおした。
　——完全に忘れてました。
「……ご、ごめん」
　いや、忘れてたって言っても約束はちゃんと覚えてたよ。
　今日がテスト最終日ってことと、スターツスイーツを食べにいくのがそのテスト最終日だったってことがうまく頭の中でリンクしてなかったってだけで、どっちも覚えていた。
　でも、アキは完全にご立腹のご様子……。
　だからもう１回謝っておく。
「ごめんね」
　茶色い髪をくしゃりと握りしめ、泣きぼくろがあたしを責めてくる。
　だからごめんってば……。
　本当に反省してる……。
　お願いだからそんなに冷たい目であたしを見ないでよ……。
「……んで、どうすんの」
「どうするって……」
「行く？　行かない？　どっち？」
　アキの口はたたみかけるように言葉をはなち、するどい瞳はいつも以上に鋭利さを増している。……こっこわい。
「い、行かせていただきます……」

こわごわとそう返事をして、カバンを握りしめた。
　手紙……、行ってから返そうかな。
「ツヤコ」
　さっきまでのとげとげしい雰囲気から、やわらかくなった声色があたしの耳をくすぐる。
「ん？」
　そう返事をして顔を上げたら、覗きこむように見つめてくるアキの優しい目がそこにはあった。
　髪の色と同じ、茶色い瞳。
　あたしの好きな秋を連想させる木枯らし色。
　その瞳に吸いこまれるように見つめ返したら、その目は窓の外に向いてしまった。
　その時自分がしばらくアキに見入っていたことに気がついて、なんだか少し照れくさくなってしまった。
　……なんか、調子狂っちゃうなぁ。
「今朝、様子おかしかっただろ？　もう体調は大丈夫か？」
　体調……？　ああ、今朝はすごく眠かったんだよね。
　それに……。
　脳裏に焼きついて離れないシーン。
　今朝見た、先輩とアキのツーショット。
　頬を赤くしたアキ。
　どことなくうれしそうに見えた。
　そう思った瞬間。
　──ズキ。
　胸の奥でなにかがあたしのやわらかい部分を突きさした。

「どうした？　顔色悪いけど、大丈夫か？」
　そう言って心配そうにふたたび覗きこんでくる。
　あたしは精いっぱい笑顔を作ろうと、頬の筋肉に神経を集中させる。
　そんな努力もむなしく、アキは子供をあやすみたいに優しい口調でこう言った。
「やっぱり調子悪いんじゃないか？　別の日にしようか」
「ううん、大丈夫」
「けど……」
「大丈夫だって。あたし今、すっごく甘いものが食べたい気分なんだから」
　しばらく、じっとあたしを見つめていたアキの少しとがった目が、やわらかく崩れた。
「ツヤコがそう言うならいいけど……。じゃあ、行こうか」
　あれ？　おかしい。
　いつもならアキが笑うと胸が温かくなるのに。
　なのに、なんでだろう。
　胸の痛みがどんどん激しくなっていく……。
　本当に体調よくないのかもしれない。
　だけど、今日じゃなくちゃ。
　手紙を返すのは今日しかない。明日は学校が休みだし、それに、手紙を取った言いわけもできなくなる。
　だから……。
　今日しかないんだ。

「ツヤコ」
「なに？」
「なにって……。なんでそんなに離れて歩くんだ？」
　そう言いながら、アキはズイッと開いた距離を詰めてくる。
「いや、だって」
　怪訝そうにさらに距離を詰めてくるアキ。
「だって……なんだよ？」
　だって……。
　ってか、アキだって困るでしょーが。
　ふたりで帰るところを先輩に見られて、勘ちがいされたら困るのはそっちでしょ。
　そう思いつつ、言葉に詰まってしまった。
　すると、アキは疑念と不満が入りまじったような顔して、あたしから離れていった。
「まぁいいけど。おれ自転車だから、ここで待ってて」
　あたしの返事を聞く前に、彼は駆けだしていた。
　そっか、アキは自転車通学だったっけ。
　しばらくの間、アキのうしろ姿を見つめていたあたしの背後から、囁くように言葉が飛んできた。
「みーたーわーよ〜」
　思わず小さく飛びあがって、ゆっくり背後を振り返った。
　すると目と鼻の先にまおみがいた。
　こんなに近くにいたのに、まったく気づかなかったなんて……。
「びっくりした！　驚かさないでよ」

「驚いたのはこっちよ。なに？　一緒に帰るの？」
　ニヤついた表情で肘をグリグリと押しつけてくる。
「一緒に帰るっていうか……。前に言ったでしょ？　スターツスイーツ食べにいくんだってば」
「ああ、そっか。今日だったわね」
　そう、今日だったんだよ。
　あたしは忘れてたけど。
「まぁ、楽しんでらっしゃい」
　ニヤついた表情でまたあたしの腕をグリグリと押してくる。
「言っとくけど、そんなんじゃないから」
「そんなんって？」
「だーかーらー」
　アキには好きな人がいるから。
　だから変な勘ぐりはやめてほしい。
　あたしがそう言おうとしたら、
「じゃっ、また明日ね！」
　まおみはあっさり手を振って去っていく。
　なにもそんなに慌てて帰らなくてもいいのに……。
「悪い、邪魔した？」
　少し離れたところからアキが自転車を押しながらこっちを見ている。……ああ、なるほど。
　アキがいたのに気づいて、まおみは急いで帰っていったんだ。
　あたしはもう一度去ったまおみのうしろ姿を見やり、す

ぐにアキの元へと歩きだす。
「ううん、大丈夫。早く行こう」
　なんだか居心地悪くて、足もとがおぼつかない。
　人の視線をやたらと気にしてしまう。
　ひんやりとした風があたしの髪を、頬をかすめていくのに、手のひらはじわりと汗ばんでいて気持ち悪い。
「なぁ」
　ドキリ。
　思わず身を固める。
　びっくりするから急に話しかけないで……なんて言ったらきっと、アキに怒られるだろうから言わないけど。
「なっ、なに？」
「本当に大丈夫なのか？」
　うかがうようにあたしの顔を見つめてくる。
「やっぱさっきから様子おかしいぞ？　本当に他の日にしたっていいんだからな」
「大丈夫だってば。今ちょっとお腹空きすぎてテンション上がらないだけ」
　なんて口からでまかせ。
　なのに。
「ははっ、ツヤコらしいな」
　そう言っておかしそうに笑うアキ。
　あたしらしい……？　失礼な。
　だけどアキがあまりにもうれしそうに笑うから、ムカッとした気持ちもすぐにしぼんであたしまで楽しくなってく

る。
　ホント不思議な人。
「じゃっ、急いで行きますか」
　そう言ってアキは自転車に股がり、うしろの荷台をポンポンと叩く。
　それって……、うしろに乗れって合図だよね。
　すっごく緊張するんですけど。
「早く乗った乗った。グズグズしてたらお店混んできて、待つことになるぞ。早く食べたいんだろ？」
　あたしはスクールバッグの持ち手を使ってリュックみたいに背負い、自転車に股がった。
「ちゃんと掴まれよ。じゃないと落ちるぞ」
　そう言われてどこを掴もうかと悩んだけど、結局は荷台を掴んだ。
　さすがにアキの腰に手は回せない。
　それを想像しただけで胸の奥がむずがゆくなりそうで、頭を振った。
「よし、じゃあ行きますか！」
　ギシッと軋(きし)んだ音を奏でた後、アキは一気に自転車を加(か)速させる。
　ああ、冬の匂いがする。
　冬は寒いからあまり好きじゃない。
　夏のエネルギッシュさもなければ、春の温かさもない。
　それでいて、秋の繊細(せんさい)さも感じられない、ただ寒いだけ……。

それが冬だ。
「アキー！」
「なんだよ？」
　チラッとうしろを振り返り、ふたたび前を向いてこぎつづける。
「寒いー！」
「じゃあおれと交代する？　こいでると暖かくなるぞ」
　そう言って小さな声で笑った。
「くるしゅうない。じいや、頑張って」
「誰がじいやだ」
　だって運転手だし。
「ツヤコ、マフラーはどうしたんだ？」
「慌ててたから家に忘れてきた」
「バカだなー」
　バカとは失礼な。
　途中で思い出したけど、今日はすぐ家に帰るからいいかなって思ったんだよ。
「おれもマフラー持ってないからなぁ」
「アキは寒くないの？」
　あたしなんて制服の下には極暖のインナーまでバッチリ着てるっていうのに。
「んー、寒いけど……べつに寒いのは嫌いじゃないしな」
「なにそれ。なんかその発言、Mっぽいよ」
「なんでそっちに持ってくんだよ」
「あたしなんて、寒すぎてふとんから出るのに、毎朝どれだ

け苦労してることか……。こんなに寒いと起きれないから、いっそ、冬眠したいぐらい」
「……だろーな。ツヤコの場合は」
　最初はあきれた口調だったのに、突然アキは大きく体を揺らして笑いだした。
　とても楽しそうに、声をあげて。
「ははは！」
「……どれだけ笑うのよ」
　気でも狂った？
「いやなんか、こういう感じひさしぶりだなーと思って」
　あたしはうしろからアキの顔を覗くように、身を乗りだした。
　そしたら……。
「うわぁ！」
「えっ!?　ツヤコ？」
　身を乗りだした瞬間、前方から来た自転車にぶつかりそうになった。
　そして、慌てて身を引こうとした瞬間、ガクンと大きく体が揺れた。
　驚いて思わず体が後方へ引っぱられそうになって……。
　落ちるかと思った。
「大丈夫か？」
　自転車を止めて、上半身ごと振りむいたアキは驚きとなにが起きたのかわからないといった不思議そうな顔をしている。

「大丈夫。一瞬落ちそうになっただけだから」
「だから言っただろ。ちゃんと掴まれよって」
　掴まってたよ。
　ただちょっと前に乗りだしたら、上半身持ってかれそうになっただけ。
　だからそんなこわい顔して怒らないでよ？
「大丈夫。今度はちゃんと掴まってるから。ほら早く行って！」
　そう言ってアキの背中を押しながら、両足でアスファルトを蹴った。
　すると、アキはあたしの腕を掴んで、そのまま腰に回した。
　あたしの手がアキの腰をするりと滑って、ブレザーの第２ボタン辺りで両手が重なった。
「よし、行くぞ！」
　そう言って何気なく自転車をこぎはじめたアキ。
　刺すように冷たかった風が一気に和らいだ、気がする。
　さっき腕を引っぱられた衝動で、あたしはアキの背中に頬をピタリと寄せている。
　ドキドキしちゃって心臓がもたないから離れたいと思うのに、体がいうことを聞いてくれない……。
　一瞬の出来事に驚いた体は金縛りにあっているみたいにカチカチだ。
　ブレザーの上から感じるはずのない温もりを感じながら、あたしの心臓は爆発寸前だった。
　ああ、困った。

あたしはゆっくりと目を閉じた。
　自転車の揺れも、風を切る音も、冬の寒さも、もうなにも感じない。
　ただ瞼の裏に浮かびあがったのは、キョトンとした表情であたしを見つめる由美子の顔。
　由美子は静かにこう言った。
"——艶子は瀬戸のこと、好きじゃないの？"

　うん、あたしは…………アキが好きだ。

＊好きな人

「着いた」
　ギギッ、とブレーキが鈍い音を立ててあたし達を乗せた自転車は停止した。
　足が地面に着いた瞬間、パッと両手をアキから放し、慌てて飛びおりた。
　制服から香るアキの匂い、意外とがっちりしてるお腹周りの感触……。
　そんな感触の余韻(よいん)に、ついつい浸(ひた)ってしまうほど、あたしはアキのことが好きみたいだ。
「なにやってんだ？」
　両手を見つめてボーッとしていたあたしを不審そうな眼(まな)差(ざ)しで見つめながら、自転車を止めるアキ。
「ケッ、ケーキが食べれる喜びを感じてただけ！」
　我ながら苦しい言いわけだ。
「そんなに来たかったのかよ。女子って本当に甘いもの好きだよなぁー」
　あたしの苦しい言いわけを、素直に受けとってくれたアキ。
「いやいや、アキだって好きでしょ」
「おれは普通」
　スイーツ男子のクセして、なにを言ってるのか。
「あっ、やっぱこの時間でも混んでるんだな」
　上品なピンクと白を基調としたお店は、こんなに寒い日

だというのにテラス席までいっぱいだった。
「さすがスターツスイーツ……」
　おそるべし。
　店の扉を開けて入っていくアキのうしろを歩きながら、辺りを見わたす。
　店内の９割は女子だ。
　そのせいでビックリするくらいアキが浮いている。
　そんなアンバランスな感じが、傍（はた）から見ていてなんだか少しおかしい。
　お店の扉は無色透明なガラス。
　テイクアウト用カウンターが扉越しに見える。
　ちょっと探るような居心地悪そうなアキが先に店内へ足を踏みいれたのを確認してから、一緒には入らず、あたしはいったん扉を閉めた。
　案の定、不思議そうな表情で扉越しにあたしを見ているアキをスマホで激写する。
　かわいらしいお店を背景に。
「写真？　そういうの撮るタイプだっけ？」
「ううん、アキがあまりにも場違いだったから、つい。この写真、なんかひとりで来てるみたいに写ってるよ」
「よーし、今すぐ消せ」
「永久保存するに決まってるじゃん」
　そう言ってすかさず画面をロックし、スマホをカバンの中にしまった。
　いつまでもアキがうるさいから話題を変えよう。

「そういえば、"キイチゴ"のお菓子、よく買えたね」
「ああ、１ヶ月待ちだった」
「ネットで頼んだの？　アキがネットで注文してる姿とか、想像できない」
　っていうか、想像したら笑えてくる……。
　だって、キイチゴのＨＰ<small>ホームページ</small>ってすごいラブリーだし。
　あんなにキラキラしたサイトでなに買うか悩んでるアキを想像するだけで頬が緩んでしまう。
　そんなあたしの様子に気づいたアキは、少しムッとした顔を向けた。
「なんだよ、笑うなよ」
　ごめん、それは無理だ。
　あたしは声を殺しながら、再び笑ってしまった。
　すると、アキってば口を尖らせながら、
「だって、女子って"限定"とか"お取り寄せ人気№１"とかいう言葉に弱いだろ……？」
　なんて言うから、あたしはまた、頬が緩んでしまった。
　そんな会話をしながら入り口で店員が案内してくれるのを待つ。
　席はまだ空いていないらしく、ウェイティング用の椅子に案内されて、あたしとアキは隣りあわせに座った。
　けど、これ……、椅子が小さいせいで、肩が当たるんですけど。
「今日のテストどうだった？」
　すぐそばで話しかけられるから、緊張してうまく話せない。

隣を見ることすらできない。
　だって横を向いたらすぐそばにアキの顔があるから。
　いつもと違う距離。
　教室で前後の席に座るのとはわけが違う。
　しかも自分の気持ちに気づいてしまったせいで、余計にどうしたらいいかわからない。
「なぁ、聞いてる？」
「き、聞いてる」
「……ツヤコ。ちょいちょい様子がおかしくなるのは、なんで？」
　それはあなたが好きだからです。
　なんて、そんなことは言えない。言えるわけない。
「ちょっと寒かったからかな。トイレ行ってくる」
　そう言ってあたしはその場から逃げだした。
　清潔な格好をした店員が物腰やわらかにあたしをトイレへと案内してくれた。
　トイレの中は白と金色の装飾（そうしょく）、ヨーロッパ調とでもいうのか、とにかくオシャレ。
　楕円形（だえんけい）の鏡の前に立ち、あたしは大きくため息をこぼす。
「はぁぁぁ〜」
　あのまま、ずっとあの距離でアキの隣に座っていることなんてできない。
　一緒に待っているだけで、緊張しすぎてお腹くだしそうだし。
　それに、ずっと胸の奥がムズムズしている。

くすぐったい。けど、苦しい。
　もっとそばに近寄りたいって思うのに、近づこうとする自分がみっともなく思えてしまう。
　心臓の音がうるさいし、顔は火照ってくるし……。
　恋ってとても、煩わしい。
　そう思う反面、胸いっぱいの充実感。
「でも、困ったな……」
　なんであたしはよりによって、他に好きな人がいる相手を選んでしまったのだろう。
　アキが先輩と話す姿を思い出す度、心臓は刃物を突きさされたみたいに痛いし、苦しい。
　あたしとアキはただ席が近いってだけ。
　クラスメイトってだけ。
　たったそれだけの関係。
「はぁ」
　ため息をこぼし、思いっきり蛇口をひねって水を出し、手をすすいだ。
　本当は顔をバシャバシャ洗いたいところだけど、それはさすがに無理だから念入りに手をすすぐ。
　冷たい水が肌を刺し、あたしの頭をはっきりとさせてくれる。
　鏡の中に映る自分をキッとにらむように見つめ、
「よし！」
　気合いを入れて、トイレをあとにした。
　扉を開けた先には、相変わらず混みあう人、人、人。

少し狭い廊下を抜けて、入り口付近に座るアキの元へと向かう。
　足を組みながらメニューとにらめっこしているアキ。
　一瞬、そっと遠くで見つめていたい衝動に駆られてしまうけど、いつまでもアキをひとりで待たせるわけにもいかない。
「アキ、お待たせ」
「んっ、体調は大丈夫か？」
「うん、大丈夫」
「無理すんなよ」
「あたし、体だけは丈夫だから」
「ははっ、たしかに。ツヤコ、体だけは強そうだもんな」
　……それって嫌味だよね？
　勉強はできないけど、体だけは丈夫……みたいな？
　いつもなら言い返すところだけど、なんか、今はまぁ……いっか。
　だってアキがとても楽しそうに見えるから。
　アキが楽しそうに笑うと、あたしもうれしくなるんだ。
「座ったら？」
　アキはそう言いながら細長いメニューで隣の席をポンポン叩く。
「いいよ。このまま立ってるから。もうすぐ呼ばれるだろうし」
　一組が会計を済ませ、店を出ていった。
　きっともうすぐあたし達が呼ばれるはず。

……それに、隣に座るのはやっぱり緊張するし。
　座りたいけど。
　でも、やっぱりできない。
「だからってなにもつったってることはないだろ。そこ、レジ近いから邪魔だし」
「大丈夫。人が来たらさっと避けるから」
「いやいや、おとなしく座っとけって」
「いやいや、大丈夫だって」
　引かないアキ。
　だけど、あたしだって引かない。
　アキって、いつもこんなにしつこかったっけ……？
「ねぇアキ、もしかして…………、あたしに見おろされるの嫌なんでしょ？」
「……洞察力、鋭いな。わかったのなら座れ」
　やっぱり。
　身長低いこと、やたら気にしてるもんね。
　身長差がほぼないあたしに見おろされるのはおもしろくないんだろうね。
　あたしがこんなにドキドキしてるっていうのに。
　人の気も知らないで。
「ちっ」
「ほら、また出た」
「なにが？」
「舌打ち、気づいてないのかよ」
　顔を歪ませメニューを抱えて笑ってる。

なんなのよ。
　気分悪いなぁ。
　……なんて思うのに、こんな楽しそうに笑うアキが、無性にかわいく思えてくるなんて。
　これはもう、病気だ。
　恋は、一種の病気だ。
「２名様でお待ちの瀬戸様ー」
「はい」
　今の今まで笑っていたアキは、店員に呼ばれて一瞬でよそゆきの表情を見せた。
　そして、スクッと立ちあがって……、て、あれ？
「ツヤコ？　置いてくぞ」
「アキ、ちょっと待って」
　店員の後を追うアキのカバンをぎゅっと掴む。驚いた顔して見つめるアキの目線……、いつもよりちょっと高くない？
「アキ……身長、伸びた？」
　あっ、言わなきゃよかったな。
　突然得意そうな表情で片眉を吊りあげて、鼻で笑われた。
「やっと気づいたか」
「いや、たいして変わってないと思う」
「おれの身長は今、飛躍的に伸びてるんだ」
　なんか悔しい。
　カンもアキもどうしてあたしを置いて成長していくの？
「まだあたしとたいして身長変わらないじゃない」

「おい、聞こえてるぞ」
「おっと、失礼失礼」
　あたしはわざとらしく口もとをおさえて、驚いた素ぶりをした。
　でも……心配だ。
　本当にこのまま身長が伸びていったら、きっとアキはモテると思う。
　このカバンの中に入ってるようなラブレターといった類いの手紙をたくさんもらうようになるんじゃないかな。
　そしたらきっと、あたしと偽物のラブレターなんて不要になる。
　ううん、それ以前にアキには彼女ができるかもしれない。
　——雪村先輩。
　先輩はアキのことをどう思ってるのかわからないけど、きっと……。
「ツヤコ、おい、ツヤコって」
　声にハッとし、気がつけば店のまん中でカバンを抱きしめて立ちどまっていた。
　そんなあたしの様子を探るような目で見つめているアキ。
　ツンと切れ長な瞳はあたしを捕らえたまま、歩みよってくる。
「本当にどうしたんだ？　マジで様子おかしいぞ」
「ご、めん」
　探るように見つめてくるアキの目をかいくぐって、足早に歩きだす。

あたし達が座る席の前で不思議そうに待っている店員の元へ向かって。
　窓際の小さな席。カバンを背もたれに掛け、席に座った瞬間にアキも足早にやってきた。
　なにも言わず、ただ黙ってあたしの向かいに座る。
　そして、席を案内してくれた店員が注文を取りにきてくれて、あたしは人気No.1と書かれたケーキとカフェオレを注文した。
　アキはマカロンとブラックコーヒー。
　なんだ、せっかくだからアキもケーキを注文すればいいのに。
　でも、マカロンを選ぶところがスイーツ男子だなって思う。
　店員が立ちさってから、アキは口を開いた。
　"待ってました"とでも言わんばかりに。
「なんかあった？」
　きた。
　これだけ不審な動きしてたら、聞きたくもなるよね。
「なにも」
「嘘つけ」
「嘘じゃない。なにもないってば」
「隠すなよ」
「隠してない」
　肘をついて、窓の外を見やる。
　窓の向こうはテラス席。
　こんな寒い中、カップルは仲よくケーキを食べている。

ああいうことをしたいと思ったことはないけど、なんでだろう。
　今日はちょっとうらやましいと思ってしまう。
「……おれには、言えない？」
　枯れ葉がはらりと落ちた時のような、どこか哀愁が感じられる、弱々しい物言いだった。
　窓の外から視線を外して、目の前に座るアキを見やる。
　けれど、今度はアキのほうが窓の外へと視線を移した。
　テーブルに肘をついて遠くを見るような目で。
「だから、なんにもないんだってば……」
　そんなふうにすねないでよ。
　そんなふうに言われたら言いたくなるじゃない。
『あたしは、アキが好きなんだ』って。
　……なんてね。言えるわけないけど。
　あれだけたくさんラブレターを書いたのに、全然意味がない。
　お遊びだったから書けたけど、これが本当に告白をするってなったら、きっとペンを持つ手が止まってしまうんだろうな。
「お待たせしました」
　重苦しい空気の間に、爽やかな声が割って入る。
　にこやかにほほえみ、片手で軽々と持つトレイから、ひとつひとつテーブルへ置かれていくケーキのお皿にコーヒーカップ。
「わぁ！　すごい！」

思わず拳を握りしめてしまう。
だってだってすごくおいしそうだし、なによりかわいい。
一番人気のショートケーキ。
まっ白な生クリームの上には赤いイチゴの形をしたマカロンが刺さっている。
スポンジの間にもみずみずしいイチゴがギュッと詰めこまれてて、見てるだけでもおいしそう。
「めっちゃおいしそう！　ほら見て、アキ。アキもケーキ頼めばよかったのに！　食べたいって言っても絶対分けてあげないんだからね！」
「ぷっ、べつにいいって」
おいしそうなケーキを目の前にして興奮した熱が、アキの笑い声で一気に平熱に変わってく。
さっきまで気まずい空気が漂ってたのに、そんなことも吹っとぶくらいケーキに夢中になっていた。
でも、そんな中でもアキの笑った声はあたしの耳に響いて、あたしを惹きつけた。
ケーキから視線を外し顔を上げた目の前には、アキの満面の笑み。
優しく陽だまりのような笑顔。
寒い空気も吹っとぶほど、ほわほわとした暖かさが伝わってくる、そんな笑顔。
あたしが一番好きな、アキの顔。
キュウ……。
胸の奥でなにか小動物のような鳴き声が聞こえた気がし

た。
　一気に恥ずかしさが込みあげてくる。
　アキの顔、じっと見つめちゃった……。恥ずかしい……。
「食べないの？」
「た、食べるよ！」
　そばに置かれたフォークを握り、端から削りとるようにゆっくりとケーキをすくう。
　アキは注文したブラックコーヒーを優雅に啜りながらあたしをじっと見てる。
「……ねぇ、あんまり見ないでくれる？　すっごい食べにくい」
「なにをいまさら」
　そう言って、アキはマカロンをパクリとひと口で食べきった。
　ひと口!?　なんてもったいない食べ方をするんだ！
　もっと味わおうと思わないの？
　そう思っていると、アキはもぐもぐしながら眉間にシワを寄せだした。
　……なんで？　どうしたのだろう。
「……これ、なんとも言えない味だな」
「ん？」
　どういうこと？
「いや、マズくはないけど、なんていうか……とりたててうまい！　って言うほどでもないような……」
「……え？　もしかして、初めて食べた……？」

「ああ」
　ええっ？
　そうなの？
　ってか、嘘でしょ。
「冗談はやめたまえ」
「なんだよ、その口調。ってか本当だって」
「スイーツ男子のくせに」
「スイーツ男子？　なんだ、それ」
　あたしのほうが"なんだそれ"、だよ。
「だって、お菓子にくわしいじゃん。それはどうして？」
「そんなのどーだっていいだろ。それよりさっさと食べろって。ずっとフォークが宙に浮いたままだぞ」
　反論しようと思ったけど、ずっと口の高さで止まっているフォークに目をやり、押しとどまった。
　クリームとイチゴの甘酸っぱい香りがあたしの鼻をくすぐって、腹部を震撼させる。
　甘い誘惑に駆られ、あたしは口を開けてケーキを頬張った。
「……っ！」
「ん？　なんだって？」
「……んまい！」
　体中に電気が走るとはまさにこのことだろう。
　口の中に広がった甘い味。
　スポンジの間に挟まれたイチゴの酸味、それをおさえるバランスがまた絶妙。
　外も生クリームかと思ったけどそれはメレンゲで、雲を

食べてるかのように口の中でふわふわと、とろけるように消えていく。
「アキ、これ、すっごく、おいしい！」
「うん、わかった。そのおかしな口調でわかった」
「アキも頼めばよかったのに！」
　ここまで来て、なんでケーキ頼まないかな。
　たしかにスターツスイーツのマカロンはおいしい。
　それはまちがいない。
　だけど、お店にまで来たのならケーキ食べなきゃでしょ？
「いや、べつにおれはいいよ」
「えー、もったいない。これを食べないなんてもったいない！　ねっ、食べたくなってきたでしょ？　なってきたでしょ？」
「なに？　じゃあひと口くれんの？」
　アキが身を乗りだしてきた。けど——。
「マカロンあげようか」
「いや、ケーキくれよ」
「あたしのマカロンあげる代わりに、アキのそれ、ちょうだい」
　残ってるマカロンを指差して、あたしはそう言った。
　アキはあきれた顔をしてふたたび肘をつき、言った。
「最初っから食べさす気ないだろ。なんでマカロンの物々交換なんだよ。それまったく無意味だろ」
　世の中はそんなに甘くないんだってば。
　よって、ケーキはあげない。

あきれているアキなんてほっといて、あたしはふたたびケーキを頬張る。
　今度はさっきよりもたくさんすくって食べた。
　……本気で気をつけないと、頬が落ちてしまうかもしれないな。
　そう思えるくらい、おいしい。
「まぁ、なんにしても、やっぱ今日来てよかったな。こうしてツヤコが元気になったわけだし」
　そう言ってコーヒーを飲んだ。
　なんてあっさりと、なんて涼しげに、うれしいことを言ってくれる。
　こんななんてことない些細なひと言に満たされていく自分がいる。
　胸の奥がムズムズして、さっきまで寒さで凍えていた顔が一気に上昇してく。
「ふ、ふん！　だから言ったでしょ、あたしはなんともないって。お腹が空いていただけだって。それに、これはアキの暇つぶしに付き合ってるお返しだし、正当な報酬なわけだし、連れてきてもらって当然だし」
　口がどんどん言葉を紡いでゆく。
　なにも考えられない頭とはうってかわり、口は勝手に言葉を滑らせてゆく。
「テストも終わったし、明日休みだし、ゆっくり寝れると思うと幸せ。アキもそう思うでしょ？」
「いや、おれは……」

「そういえば、アキって休みの日はなにしてるの？　部活も辞めて毎日ゴロゴロしてたりして」
「まぁ……」
「あたしはいつも昼まで寝て、昼過ぎから遊びにいったりとかなー。あっ、アキってばもしかしてデートとか？」
「……は？」
「意外とモテるらしいじゃん。モテるために部活入ってたとか言ってたけど、入ってなくてもモテるんだったらいいよね。あっ、だから休日は忙しいのか！　それなら──」
「ストップ」
　口の中にマカロンのサクッとした食感と、甘い抹茶味が広がった。
　それは、アキがあたしの口にマカロンを突っこんだせい。
「落ちつけって。なにをそんな焦ってんだよ」
　もぐ、もぐもぐもぐ……。
　糖分があたしの脳を覚醒させ、落ちつかせる。
　落ちつきを取りもどすと、今度は一気に恥ずかしさから羞恥心にかられる。
　穴……穴はどこ？
　あるなら是非、今すぐにでも入りたいんだけど。
「ほんと変わったヤツだな。マジで飽きないわ」
　失礼な。
　だけど、今は反論しません。
「で、なんでおれがモテるって話にまで飛躍したんだ？」
　さっきまで笑ってたアキが突然真面目な顔で向きなおっ

てきた。
　これは……チャンスではないだろうか。
　本望ではないけれど、この流れなら今朝の手紙を返す絶好のチャンスだ。
　今の流れなら笑いながら手紙を返せるし、アキも不審には思わないだろう。
「じ、じつは……」
　あたしは持っていたフォークをお皿に置き、窓際に置いてあったカバンの中を探った。
　ぐちゃぐちゃにならないよう、教科書の中に挟んでおいた２通の手紙。
　その中のひとつを机の上に置き、アキの目の前に差しだした。
「ああ、ありが……とう？」
　初めはいつもの手紙だと思ったのだろう。
　だけどいつもの手紙とは少し違う。
　その違和感を感じとったアキは小さく首を傾げ、語尾を上げた。
「これ……なんだ？」
　うん、そうなるよね。
　その反応は正しいと思う。
　それは便せんが違うからじゃない。
　べつに便せんが違ったって、なくなれば新しいものを買うのは当然だし。
　けれど封筒に書かれた文字がいつもと違えば不思議に思

うのも当然だ。
　ううん、もしかするとあたしの態度が普段とは違うのかもしれない。
　ぎこちないのが自分でもわかるぐらいだし……。
　平静を装ってるつもりだけど、本当は心臓がすごく痛い。
　自分が好きになった人に、他の誰かが書いた手紙を渡さなければならないなんて……、なんて拷問(ごうもん)なのだろう。
　でもこれは自分が悪いんだけど、黙って取ってきたのはあたしだから……。
「それ……、本物のラブレターだから」
　そう言って、私は一生懸命口角を引きあげた。
　ちゃんと笑えてるかはわからないけれど。
　そんなあたしの心情なんて知るはずもなく、アキはただほう然と手紙を見つめている。
　しばらくの沈黙(ちんもく)。
　さっきまで気にならなかった店内がみょうにうるさく感じられる。
　この間(ま)に堪えきれず、ふたたびケーキを食べはじめた。
　……おかしい。
　あんなに甘くておいしかったケーキなのに、今はおいしく感じられない。
　こんな感じ、前にもあったよね？
　ケーキをもうひと口頬張って、カフェオレで流しこむ。
　すると、やっとアキが口を開いた。
「あ、えっと。どーなってんの？　……え？　これ、ツヤ

コから……じゃないんだよな？」
　どこまで鈍いのよ。
　どう見たってあたしの字じゃないでしょ。
　こんなにコロコロ丸っこくてかわいらしい字、あたしが一度でも書いたこと、あった？
「だから本当のラブレターなんだってば。あたしからじゃないけど……。誰かがアキに送った正真正銘のラブレターなんだって」
　だんだんイライラしてきた。
　なんであたしが知らない子のラブレターの説明しなきゃなんないのよ。
「いや、だって……」
　アキはまだ脳内で処理しきれないらしい。
　私はイライラしながら補足する。
「今朝、いつもみたいに手紙を入れようと思ったら、先に入ってたんだよ。アキの下駄箱の中に」
「……でも、なんでそれをツヤコが持ってたんだ？」
　ぎくり。
　それは痛い質問だ。
「ちょっとびっくりしちゃって。あたしも手紙を入れようとしてたけど、先客いるなんて思わないじゃん？　そしたら人がやってくるし、あたしも気が動転しちゃって……持ってきちゃった」
　あたしは確実に引きつってるであろう顔で笑った。
　けれどアキは一瞬あたしの顔を見ただけで、ふたたび目

線を手紙に戻した。
　ほんのり茶色い瞳が、昼間の太陽の輝きに揺らいでいる。
「——返事、どうするの」
　ゆっくりと、空の上では雲が流れているように、あたしの口からはそんな言葉が流れだした。
　とても自然に。
　言葉を遮るものはなにもなかった。
　だからそう言ったあたしのほうが、その言葉に驚いてた。
　アキはふたたび視線を上げてあたしを見つめている。
「あ、や、その……」
　なにもテンパることはないのに。
　べつに変なことは聞いてない。
　おかしなことは言ってない。
　わかっていても動揺してしまう。
　だってこれは、本当は口にしてはいけない心の声だから。
　思ってることを言ってしまうのは、あたしの悪いクセだ。
　これ以上ボロを出さないように、キュッと唇を結ぶ。
　返事はどうするの？
　付き合うの？
　その子は知ってる子？
　ぐるぐるぐるぐる。
　どす黒い色をした想いが胸の奥でとぐろを巻いてる。
　すっごい、気分が悪い。
「……おれさ」
　あたしが黙ったせいで、変な空気が流れはじめた。

それを察してか、今度はアキが口を開いた。
「中学の時に付き合ってた彼女いたんだけどさ、うまくいかなくてすぐに別れたんだ……」
　予想してなかった話に、思わず心臓がギュッ、となった。
　そ、そりゃそうだよね。
　もう高校生だし、過去に付き合っていた彼女のひとりやふたりいてもおかしくないし。
　むしろ普通だと思う。
　……あたしはまだ付き合ったことないけど。
「なんで別れたの？」
　自分から話を振っておきながら、アキってば苦笑いしてごまかそうとコーヒーをひと口飲んだ。
　カチャンと音を鳴らしてカップをソーサーに置き、ふたたび口を開いた。
「おれ、ずっと身長がコンプレックスだったんだ」
「うん、知ってる」
　考えなしに思っていることを口にしてしまい、ちょっと後悔した。
　あたしの言葉を受けて、アキはふたたび苦笑いをこぼした。
「だよな。けど、やっぱ女子のほうが身長高いってすごくおれ的には嫌だったんだ。すげーかっこ悪いし、なんか恥ずかしくてさ……。そんな思いを彼女にもさせてるんじゃないかって思ったら、一緒にいる時間もうまく作れなくって……」
　口を挟まないように、あたしもカフェオレをゴクッと飲む。

この話は過去のこと。
　そうは思うけど、やっぱり好きな人が過去に好きだった人の話を聞くのは楽じゃない。
　あたし達が付き合ってるというのなら気楽に聞けるのかもしれないけど、そうじゃないから。
　あたしは絶賛アキに片想い中だから。
　しかもアキには他に好きな人がいるし。
　どんどん気分が落ちこんでいく……。
　それなのに、アキの過去には興味もあって……。
　あたしってヤツは、いろいろとめんどくさい。
　口を挟まない代わりに、あたしはアキをゆっくりと観察する。
　アキは、過去話をするのが少し照れくさいのかもしれない。
　だってちょっぴり気まずそうに目線を泳がせつつ、ほんのり頬が紅潮してるから。
　それがどことなく雪村先輩と話をしている時のアキの姿とダブって見えて、ちょっと泣きそうになった。
「別れる時にさ、おれは身長を気にしすぎだって言われたんだ」
　あー、うん。
　それはあたしもそう思うかも。
　でもそのことは口にしないよう、カフェオレをひと口飲んだ。
「だからそんなの気にならないくらいカッコいいヤツになってやろうと思ってサッカー部に入ったんだ」

「ぶふっ！」
　ええっ？　ホントに？
「おい……人が恥を忍んで暴露(ばくろ)してんのに、笑うとか失礼だぞ」
　つり目がギロリとにらんでくる。
「なんだ、やっぱりモテたかったんじゃない」
　あれだけ否定してたのに。
「モテたかったというよりも、身長に代わる自信がほしかったんだ」
　でもけっきょくは、モテたかったんじゃない。
「ぶっ」
「笑うなっての」
「ごめんごめん」
　ちょっぴり唇を尖らせてふてくされている。
　そんな子供じみた表情が、なにより愛おしい。
「ツヤコは？」
「なにが？」
「過去にどんなヤツと付き合ってきたの？」
「あっ、それ聞いちゃうの？　あたし、いないよ」
　なにその目。アキの泣きぼくろが、『嘘つけ』って言ってる。
「なんで疑うかな」
「だってツヤコ、モテただろ」
　どこからそんな発想になるの？
「モテないよ。モテてたら彼氏だっていたでしょうけどね」

皮肉を込めて言ったのに、アキはまだ疑ってる。
「ツヤコは男女問わず友達多いだろ」
「友達が多いのと彼氏がいるのとはまた違うでしょ」
「けっこう聞くんだよな。ツヤコを狙ってるていうヤツの声」
「またまた〜」
「マジだって。そりゃいつも寝てばっかだし、口悪いし、舌打ちするし、意外と凶暴だけど……」
「なに？　ケンカ売ってる？」
　持ちあげたり、落としたり。
　いったいなんなのよ。
「でも……かわいいと思うけど、な」
　……。
　…………はい？
　驚きながらも、体温は一気に上がる。
　真夏の蒸し暑さを思い出させるような、そんな熱を頬に感じて思わず目を伏せた。
　なに、それ。
　なにそれ、なにそれ。
　何気ないセリフだってわかっているけど、不意打ちすぎて聞きながせない。
　もちろん冗談だってわかっているけど、切り返せない。
　どうしよう、変な間ができてしまった。
　『こいつ本気で受けとめてバカじゃねー？』とか思われて、アキにあきれられてるかも。

でも、不意打ちすぎてなんて言ったらいいかもわからない……。
「いや、一般的にって意味だからな。他の男どもが言ってることを踏まえて言ってるだけだからな」
　アキは慌てて言葉を付けくわえる。
　きっとあたしが無言だったせいだ。
「うん、わかってる。気を遣ってくれてありがとう」
　そんな慌てて訂正(ていせい)しなくてもわかってるってば。
　友達のひいき目で言ってるってことくらい、わかってるから。
　あたしはそこまで自分にうぬぼれてないから。
「いや、うーん……。なんだ、うまく言えないけど」
　いや、十分だから。ホントにありがとう。
　だけど……。
「……ちっ」
「うわっ！　ごめんって」
　思わずこぼれた舌打ちに、慌てて取りつくろおうとするアキ。
　ここで謝らないでよ。
　このタイミングで謝られたら、すべてが嘘みたいじゃない。
　思ってもないくせに〝かわいい〟とか言わないで。
　それとも、なに？
　今まで彼氏いたことないから、言ってくれたとか？
　モテないあたしがかわいそうに思えたとか？
　同情してくれたってこと？

考えれば考えるほど、みじめな気持ちになってくる。
「……なんで謝るかな」
「ツヤコが、怒ってるから」
「怒ってないし」
「でも、さっき舌打ちしたろ」
「気分がいいから口笛吹いただけ」
「いや、だからそれ無理あるし。あれが口笛だったら、もっとこえーし」
　だろうね。
　だってあれはまちがいなく舌打ちだから。
「で、手紙の返事はどうするの」
　イライラしながら話を逸らす。
　イライラした頭では、それくらいしかべつの話題は思いつかなかった。
　そもそも話は手紙から脱線したんだし。
「いや、どうするもなにも、おれはこの手紙をくれた相手のことをよく知らないし」
　そう言って、封筒の裏に書かれてある差出人の名前を見つめている。
　差出人はべつのクラスの女子だった。
　あたしもチラッと見たから知ってる。
　その女子についてはなにも知らないけど。
　顔と名前が一致する程度で、それ以上のことはなにも知らない。
「でも、返事はするんでしょ」

『うーん、まぁ』なんて生半可な返事だけが戻ってきた。
　それがなによりあたしをイライラさせる。
　だって、アキには好きな人がいるでしょ。
　それなのに、ちょっとラブレターもらったからって喜んじゃってさ。
　挙げ句の果てには……。
「どーすんのが一番いいと思う？」
　なんてあたしに聞いてくる。
　それを聞いた瞬間、あたしは──キレた。
「自分で決めれば？　なんであたしに聞くかなぁ」
　なにかがどこかで、ブチンと切れる音がした。
「ただ意見を聞こうと思っただけだろ」
　意見を聞こうと思っただけ？
　人の気も知らないで。
「決めるのはアキでしょ。それともなに、あたしがその子と付き合えばいいって言ったら付き合うの？」
「なにもそこまで言ってないだろ」
「そう言ってるように聞こえたから」
　あたしのイライラは止まらない。
　アキの顔もどんどん険しくなってきている。
　だけど、そんなの知らない。
　ムカついてるのはあたしのほうだ。
「あっ、でもダメか。アキには好きな人がいるもんね。雪村先輩、だっけ？　きれいな人だよね」
　ムカつくムカつく。

「先輩だって振りむいてくれるんじゃない？　アキってば身長だって伸びてきたし、実際こうしてモテだしたわけだし」

　あたしの気持ちなんてこれっぽっちも知らないくせに。
「暇つぶしにあたしとラブレター交換とか持ちだしてきたけどさ、あれってじつは先輩に告白するつもりで書いてたんじゃない？　予行練習ってやつ？　そうだとしたら引くかも」

　そこまで言いきった時、あたしはまだアキの顔を見ていなかった。

　ううん、見れなかった。

　だって今アキの顔を見たら、もっとイライラして、もっとひどいことを言いだしそうだったから。

　それくらいあたしはイラ立っていた。

　だから気づけなかったんだ。

　アキが今、どんな顔してるかなんて。

　そのことに気づいたのは、アキのこのひと言を聞いてからだった。
「……ああ、そーかよ」

　その声は、アキを知ってからの３ヶ月、初めて聞いた声だった。

　冷たくて、突きはなすような残忍な声。

　背筋に冷たいものが走る。

　その声を聞いて、あたしはやっと冷静さを取りもどした。

　けれどもう、遅かった。

静かにコーヒーを飲むアキは、なにか言葉を飲みくだそうとしていて、さっきまでのあたしみたいに言いたいことがあるけど、その言葉を吐きださないように我慢しているみたいに見えた。
　品のいい調度品に、ファンシーな店内。
　それなのにアキの周りだけ重苦しい重圧的な空気が流れている。
　どうにかして取りつくろおうとするけど、言葉が出ない。
　完全に、アキのはなつ重たい空気に飲まれてしまった。
　そもそも取りつくろうこと自体、あたしは得意じゃない。
　けど、どうにか元の空気に戻さなければ。
　……そう思うのに、あたしはやっぱり口を開くことができないでいた。
　一瞬、チラリとこちらを覗きみたアキの目。
　それはまるで他人を見るような、いつも感じていた温かみを感じない冷ややかなものだった。
　そんな時、アキは突然ポケットからスマホを取りだした。
　小さな振動音がやけに耳に響く。
　スマホから目を離したアキは、ちょっとバツが悪そうに、どこかホッとしたように言った。
「……悪い、おれ用事ができた」
　そして3つあったうち、最後のひとつのマカロンをひと口でペロリと食べ、コーヒーを飲みほした。
　あたしは止まっていた手を動かし、ふたたびカフェオレを飲む。

喉を潤して、次に言葉を話す準備をするために。
「……あ……そ、か。それじゃ仕方ないね。うん、わかった」
「いや、ツヤコが食べ終わるまでは待ってるけど」
「いいよ、悪いし。ちょっと歩けば駅もあるし。帰り道ぐらいわかるから。大丈夫」
　ギシギシと軋むような表情筋を必死に動かし、あたしは精いっぱい微笑んだ。
「そ？　本当に大丈夫か？」
　心配してくれてるのに、どこか素っ気なく感じるのは気のせいだろうか。
「うん、大丈夫。迷ってもスマホで道探すから」
「そっか。ごめんな」
　荷物と伝票を持って席を立つアキに微笑みながら、小さく手を振って見おくる。
　もう一度だけ、「ごめん」と、そう言ってお会計を済ませ、アキは店を出ていった。
　相変わらず混んでいる店内。
　楽しそうに友達同士で会話している席、カップルが微笑みあっている席……。
　そんな中で、ひとり座っているあたし。
　向かいにはさっきまでアキがいたことを物語っている、空っぽになった食器。
　それをぼーっと見つめながら、頭の中でさっきまでの出来事を振り返る。
　……なんで、あんなこと、言っちゃったのかな。

どうして怒りに身を任せてしまったんだろう。
　思ったことを言うのはあたしの悪いクセ。
　でも今回は、いつもとちょっと違う。
　あきらかにアキに怒りをぶつけただけだった。
　────あたしの気持ちも知らないくせに。
　そんな想いがあたしを駆りたてた。
　でも、あたしだって自分の気持ちに気づいたばかりなのに、アキがあたしの気持ちなんて知るわけない。
　だって言ってないんだから。
　──だけど。
"どーすんのが一番いいと思う？"
　アキの、あのセリフにはかなりムカついた。
　悲しみを通りこして、なんかショックだった。
　それでもアキはあたしの意見を聞きたかっただけで、それ以上でもそれ以下でもなかったんだと思う。
　友人として、女子の意見を聞きたかっただけなんだろう。
　アキは先輩が好き。
　だからあの言葉はフラフラした気持ちじゃなくて、どうやって断ればいいのかを聞いてきただけだったのかも。
　うん、きっとそうだ。
　あたしってば、ほんと勝手に怒ってバカだなぁ……。
　だけど、どっちにしてもあたしにとってはいいことじゃなかった。
　それに言った言葉は本心でもある。
　アキが手紙の交換を言いだしたのは、先輩に出すための

予行練習に違いないって思ってた。

だっていつもアキの手紙には距離を感じていたから。

設定なんだろうけど、物理的な距離だったり、年の差の距離だったり……そういったものを感じていた。

だからアキが雪村先輩のことが好きなんだって知った時、すべてに合点がいったんだ。

暇つぶし……、だったけどそうやって先輩への想いを偽物のラブレターに募らせていたんだ。

コンプレックスのせいなのか、年の差のせいなのか。

なかなか告白ができない……、けれど日々溢れてしまう想いを、あの手紙達にしたためて。

あたしの名前が書かれていたけど、その想いはあたしへは向いていない。

気を抜いたら涙が溢れそうになるから、慌ててフォークでケーキをすくった。

パクリ。

アキと笑って食べてた時は、あんなにおいしかったのに。

ここに来る前、アキの腰に手を回し、背中に頬を預けた時はあんなにドキドキしてたのに。

……今はただ、苦くて苦しい。

第5章
妄想ラブレター

＊離れ離れ

　あれからアキとはたいして会話をすることもなく、冬休みに入った。

　テストが終わり、休みが明けた翌日、朝のHRで席替えがあった。

　あたしの新しい席は廊下側の一番前の席。

　入り口の近くだった。

　アキは教室のまん中の列の一番うしろ。

　……みごとに離れてしまった。

　席を離れる時、アキは振り返り、ひと言。

「……離れちまったな」

　そう言って微笑んだあの表情は、どういう意味だったんだろう。

　あたしもなにか言葉を返そうとしたけれど、「うん」なんていう相づちしか出てこなかった。

　あれだけしつこく言っていた手紙の交換についてもなにも言わなかった。

　もうやめるってことなのかな。

　あたしがあんなこと、言ったから？

　それとももう飽きた？

　もしかしたら暇つぶしにもなってなかった？

　あ、先輩とうまくいきそうだから、もう練習なんていらないのかな？

第5章　妄想ラブレター >> 191

　なんにしても、あたしが手紙を書くことはなくなった。

「艶ちゃん、今日は買い物付き合ってくれてありがとね」
　そう言ってキラキラスマイルを振りまくのはえりな。
　たくさんの買い物袋を椅子にどさりと置き、頭のてっぺんでまとめたお団子を揺らした。
「ううん。べつにいいよ。どうせ暇だったし」
「そうなの？　冬休みはどうしてたの？」
　あたしに質問しながら手を挙げて店員を呼び、えりなはロイヤルミルクティを、あたしはカフェオレを注文した。
「んー、まおみと由美子と一緒にカウントダウン行って、あとはお正月に親戚の家に行ったくらいかなぁ」
　口に出してみて、初めて自分の予定のなさに気づかされた。
　なんてわびしい冬休みなんだろう。
「えー、もったいないよー。せっかくの冬休みなんだからもっと遊ばなくちゃ。高校1年の冬休みはたった1回きりなんだよ？」
「そういうえりなはどうなのよ。クリスマスと年末年始は彼氏と過ごしてたんでしょ」
　えりなの口もとが小さく膨らんだ。
　なんてわかりやすくスネるんだ。
　いちいちかわいいなぁ。
「まぁ過ごしていたんだけどね。ドタキャンするとか、ホントありえないんだけど」
　そう、今日は彼氏と買い物する予定だったらしい。

けど、急用ができたとかでドタキャンされたとえりなからの怒りの電話があって、暇だったあたしはその彼氏の代役を務めた。
「で、今彼氏は何人なのよ」
「あっ、記録更新したよ。今５人なの」
「５人!?」
　さすがにそれは多すぎない？
　ってか、どーやって付き合ってんの？
　あたしの驚いた声があまりに唐突だったからか、カフェオレをテーブルに置こうとしていた店員の手が小さく揺れた。
　カップの中のカフェオレが大きく揺れて、もう少しでソーサーに溢れるところだった。
　寸前のところでなんとか溢れるのは免れて、店員もほっとした顔を見せている。
　店員があたし達が注文した飲み物をすべて並べ終え、伝票をテーブルに置いたのを確認してから、あたしはふたたび口を開いた。
「それ、バレないの……？」
「もちろん、バレないように努めてるもん」
　……もん、って。
　そういう問題？
「クリスマスやお正月はどうしたの？」
「それはバラすよ。クリスマスとクリスマスイブ、大みそか、お正月、それぞれで区切って会うから」
　それ、あきらかにひとりはイベントからこぼれてるじゃん。

「もう1回聞くけど、それ……バレてないの?」
「うん、バレてないよ。うまくやってるから」
　そう言ってウフフと微笑む。
　どうしてこんな悪気のない笑顔で言えるんだろう……。
　えりなは昔からこうだ。
　みんなが好きだから、選べなくてこうなるらしい。
　男子を"ブランド"として見てるところもあるかもしれないけど。でも、付き合ったら全力だと言う。
　だからこそ、何股もかけていることは相手にバレないんだって、言ってたっけ?
　それがいいか悪いかは置いておいて、すごいなーとは思う。
　べつにうらやましいとかは思わないし、同じようにしたいとも思わない。
　ただ、そこまで真剣に人と付き合うことができるえりなが単純にすごいと思う。
　だって、あたしはまだ誰とも付き合ったことないから……。
「あたしの話はいいんだよ」
　ミルクティをひと口飲み、カップから離れたふっくらとした唇がそっと言葉をこぼす。
「艶ちゃんこそ、瀬戸とはどうなの?」
　どうって……。
「どうもしないよ」
「えっ、なんで?　冬休み中会ったり、連絡取りあったりしてるんでしょ?」
「してない、してない」

あまりにも当たり前のように言うから、慌てて首をぶんぶん振りながら否定する。
　そんなあたしの様子を見て、えりなの大きな瞳がこぼれそうなほど見ひらいた。
「うっそ？　一度も？」
「一度も」
「なんで？」
　無邪気な子供のように、純粋に疑問を投げかけてくる。
　……なんでって言われても。
「そもそもあたし、アキの連絡先すら知らないし」
「えー！」
　かわいいアヒル口がパクパクしている。
　ホントかわいい子はどんな顔をしてもかわいいんだなって、えりなを見てるといつも思う。
「あんなに仲いいのに、なんで？　艶ちゃん達、絶対変だよ」
　ほっといてよ。
　あたし達はラブレターを交換していたから、携帯の連絡先を聞くのはどこかタブーのように思っていた。
　たぶんだけど、アキもそう思っていたんじゃないのかな。
　だからお互いに連絡先を交換しようって話にならなかったんだと思う。
　その上席が近かったから、なにかあれば直接話せば済んでいたし。
　まぁ、それも今となってはもうできないんだけど……。
「ねぇ、本当に艶ちゃんは瀬戸のこと、好きじゃないの？」

ぎくり。
　思わず顔が引きつったのが自分でもわかる。
　それを見逃すほどえりなは甘くない。
「……やっぱり」
「な、にが、やっぱり……？」
「艶ちゃんてやっぱり瀬戸のことが好きなんじゃない」
「そっそんなこと、ないよ」
　ああ、顔がギシギシいってる。
　強ばってうまく動かない。
　大きな瞳をこれでもかってくらいに細めて、じっと見つめてくる。
　そして、「はぁ」と小さくため息をついたかと思うと、ふたたびミルクティをひと口啜った。
「……艶ちゃんは、あたしと真逆だよね」
「うん、それはそうかもね」
　愛らしいえりなに比べたら、あたしなんて月とスッポン。
　性格や恋愛経験だってそうだ。
「あたし、中学の時、艶ちゃんってすごいって思ったんだ」
　はい？
「なにに？」
　純粋な疑問が口を突いて出た。
　だって本当にわからなかったから。
「中学の時、あたし、すごい女子に嫌われてたでしょ？でも艶ちゃんはいつも普通に接してくれたよね」
「いや、中学の時って周りの反応も異常だったし」

「まぁね。それもあるけど。でも、あの子たちの気持ちも少しはわかるよ。だってあたし男の子とばっか話してたし、二股してるのとかバレたこともあったでしょ」
「あー、あったね」
　それはあたしと仲よくなる前の話だけど。
「やっぱそういうのを見たり聞いたりすると、誰だっていいイメージ持たないでしょ。それに中学は派閥だっていってグループ作るし。あたしなんて嫌われても仕方なかったんだよ」
「うーん……そうかもしれない。けど、えりなを否定するほどあたしは恋愛経験もなければ、えらくもないから。だからべつに嫌う理由にも避ける理由にもならなかったんだけどなぁ」
　たしかにえりなの行いはいいとは言えないと思う。
　でも、だからって、それでいじめが正当になるとは思わない。
　だからあたしはそういうグループとはつるんだりしなかったっていうだけ。
「……そういうふうに考えられる人って、ほとんどいないんだよ」
　えりなはそう言って、小さく笑った。
「艶ちゃんは恋愛でどうこう言ってる子達とは一線引いてたでしょ？　それがあたしにとってはありがたかったんだけど。今は逆に、恋愛に対してどこか消極的だと思うんだ」
「どういうこと？」

「たとえばさ、勉強やスポーツとかって、毎日積みかさねがなければ上達しないでしょ？　恋愛も同じなんじゃないかなって思うんだよ。艶ちゃんはいざこざが面倒くさくって恋愛ってものから一線引いてた。経験がまったくないから、恋愛の初期段階でつまずいているんだと思う。実際好きな人ができたとしても、どうすればいいかわからないんだよね」

　気がつけば口を開けてえりなに見いってた。
　……さすが。
　だてに恋愛の数こなしてないね。
　本当にえりなの言うとおりかもしれない。
　あたしは恋愛に対して面倒くさいってずっと思って、遠ざけていた。
　だからたぶんあたしは恋に対してなにも知らないんだ。
　アキのことが好きだって気づいても、どうしたらいいのかわからない。
　変に緊張してうまく話せなかったり、ちょっとしたことにも過敏に反応してしまったり……。
　これはツケなのだろうか。
　ずっと恋愛を放棄していたから。
「初めての経験とか、わからないことをする時ってこわいでしょ？　でも、それが当たり前なんだよ。誰だって最初はこわいもん」
「百戦錬磨のえりなでも？」
　思わず口にした言葉に、えりなは瞳をまん丸にして驚いた。

そしてそのあと、おかしそうにクスクス笑った。
「百戦錬磨なんかじゃないよ。うまくいかない時だってたくさんあるんだからね」
　そうなんだ……。
　あたしから見れば、えりなはいつも彼氏がいて、恋愛に関してうまくいかないことなんてないと思っていた。
　いつでも好きな人がいて、いつでも好きな人と付き合える。
　それがすごくうらやましいと思っていた。
　アキに恋をしてからは……。
「うまくいってるように見えるのなら、それはきっと、それだけ数をこなしたからかもしれないね」
　えりなはいったいどれだけの場数をこなしてきたんだろう。
　あたしには想像できそうにない。
　えりなはふたたびクスクス笑いながら口を開いた。
「あたしと艶ちゃんは違うんだから、べつに恋愛は数じゃないと思うよ。ただひとつだけ言えるのは──、失敗を恐れないこと。それだけ」
　ぬるくなったカフェオレをひと口飲む。
　カップの中にある白濁色(はくだくしょく)の飲み物は、あたしの表情までは映さない。
　でも、それでいい。
　それがいい。
　きっと今、浮かない顔をしているに決まっているから。
　失敗を恐れない……。

えりな、ごめん。
あたしにはできないよ。
だってアキがあんな顔して想いを寄せる相手に勝てるとは思えない。
アキがくれたラブレター。その中には先輩への想いがたくさん綴られていた。
一途で、純粋な……恋心。
あの想いを知ってるだけに、あたしに勝算はないことはわかっていた。
それがわかっているのに告白なんてできないし。
……するつもりもないけど。
あたしは、当たって砕(くだ)けるのがこわいんだ。
だけど、そのくせ、冬休み中はアキのことばかり考えていた。
夜になると、楽しく会話してた時を思い出して眠れなくなったり、用もないのに街へ出かけて偶然(ぐうぜん)会わないかと思ったり。
アキに恋をしてから、胸の奥がずっとくすぐったくって、苦しい……。
ラブレターのやり取りがなくなって正解だったかも。
ほかの人へ向けた愛の告白を読むのはさすがにつらい。
手紙の宛名や文面上にはあたしの名前が書かれている。
だからこそ余計につらい。
錯覚(さっかく)してしまうから。
アキはあたしに恋をしてくれてるんだって、勘ちがいし

てしまうから。
　……あーあ、本当に妄想なラブレターになってしまった。
　書くだけじゃなく、もらった手紙にまでも妄想を掻きたててしまうなんて。
「ねぇ、艶ちゃん」
「……ん？」
　この場から離れていた意識が、えりなの言葉に反応して戻ってきた。
　カップから目を離し、お団子頭の彼女を見つめる。
　えりなは横を向いたまま、あたしに問いかけていた。
「艶ちゃん、前にさ、瀬戸には好きな人がいるって言ってたよね？」
「えっ？　うん、言ったけど……」
　雪村先輩。それがアキの好きな人。
　雪村先輩とアキが校庭で一緒にいた時のことをまた思い出し、胸が締めつけられるように苦しくなった。
　背は少し先輩のほうが高いけど、きっとこのままアキの身長が伸びつづければ……。
　そこまで思ってあたしは思いきり首を振る。
　だめだ、今はマイナスなことしか頭に浮かばない。
「それってさ、サッカー部のマネージャーのことだよね？」
「マネージャー？」
　相変わらず視線は宙を向いてる。
　そんなえりなの横顔を見つめながら、頭の中でえりなの言葉がうごめく。

サッカー部のマネージャー？
「マネージャーって、どんな人？」
「先輩だよ。雪村先輩って人」
　えっ？　雪村先輩、マネージャーしてたんだ。
「艶ちゃん知らなかったの？」
「知らないよ」
　さっきまで宙を向いていたえりなが、信じられないという様子であたしを見つめてくる。
　なんならちょっと非難じみた目で。
「ライバルのこと、調べないでどうするのよ」
　いや、そんな情報知ってどうするの。
「えりなはなんでそんなこと、知ってるの？」
「瀬戸って最近ちらほら人気出てきてるでしょ？　だから瀬戸が好きな人の話も耳に入ってくるんだよ」
　そうなんだ……。
　でもあたし、先輩がサッカー部のマネージャーだって知らなかった。
　なんで、あんな近くにいたのに、そんなことすら知らなかったんだろう。
　そう思ったあたしを、えりなは一刀両断(いっとうりょうだん)する。
「艶ちゃんはホントに無頓着(むとんちゃく)すぎるんだよ。サッカー部のカンとも仲がいいんだし、情報流れてきていてもおかしくないんだからね」
「……だよね」
　アキに対する気持ちは冬休みに入る直前に気づいたんだ

けど、だからって自分がこんなにも周りの恋愛事情に無関心だったとは。
　あたしってヤツは……。
「でもね……。瀬戸って、本当に先輩のことが好きなのかなぁ？」
「うん、たぶん好きだと思う」
「たぶん？　じゃあやっぱり瀬戸は"好き"って認めたわけじゃないんだよね？」
「まぁ……そう、だけど」
　たぶんっていうのは、自分に対する保険だ。
　やっぱりどこかで期待したいから。
　かっこ悪くてみっともないと思うけど。けど、やっぱりアキは先輩のことを好きじゃないって思いたい。
　それはあたしのただの願望。
　アキはずっと否定していた。
　カンにからかわれる度に、"先輩とはそんなんじゃない"って否定してた。
　……顔をまっ赤にさせながら。
　アキの性格なら、周りにからかわれて肯定することはないと思う。
　ひっそりと、想いを育（はぐく）む人だと思うから。
　──あのラブレターに綴られた言葉のように。
「でもさ、それならなんでサッカー部辞めちゃったのかなぁ？」
「なんでって……」

そう言われて初めて気がついた。
たしかにそうだ。
なんでアキは部活を辞めたんだろう？
　部活を始めた理由は、コンプレックスである身長に代わる自信がほしかったから。
そう言ってた。
でも自信は得られたのかな？
いや、得れてないと思う。
　最近になってやっと身長伸びてきたけど、それまでは身長ネタに触れるとすぐに怒っていたし。
「ねっ、変でしょ？　だって普通、好きな人がマネージャーしてたら部活辞めないんじゃない？」
　たしかに。
　あたしは腕を組んで頭をひねる。
　そんなあたしをよそ目に、えりなはふたたび宙を見つめながら口を開いた。
「真相、たしかめてみよっか」
「えっ？　どうやって？」
　その口調はいたずらっ子が親に隠れて悪さを企んでいるみたいだった。
　大きな瞳がキラリと光り、えりなは席を立つ。
「ちょっ、急にどうしたの？」
　頭のてっぺんで大きく結ったお団子が揺れるのをぼう然と見ていたけど、えりながなにを見ていたのかがわかった。
「えりなっ！」

えりなの背中を追うように、あたしも慌てて席を立った。
　待って、待って、待って、待って。
　ちょっ、ホントに……、待って！
　広い店内、建物はビルの構成上、いろんなところに柱がある。
　あたし達は入り口から離れた席に座っていて、あたしからはちょうど死角で見えない場所にえりなは軽い足取りで進んでく。

「ちょっと、お話し中にすみません」
　そうににっこりと微笑みながら、えりなは足を止めた。
「聞きたいことがあるんですけど、少しだけお邪魔してもいいですか？」
　サッと血の気が引くのを感じた。
　暖房が効いている店内だったけど、冷房の中に晒されてるかのように、あたしはその場に凍りついた。
　えりなに話しかけられてる人物は、４名掛けのテーブルにふたりで座っている。
　あきらかに突然の来訪者に驚いてる様子だ。
　当たり前だ。まさか知らない人に声をかけられるなんて、普通思わない。
　だけど、えりなはそんなこともお構いなしに話を続けていく。
「驚かせちゃいましたよね、すみません。あのー……、雪村先輩、ですよね？」

＊突きつけられた現実

「えっ、誰？」と、向かいに座る先輩の友人がえりなと先輩を交互に見つめて囁き、先輩も驚いた表情から、状況が読めなくて不審そうな表情になっていく。
「あたしに、なにか用？」
「わー！　すみません、なんでもないです！」
　そう言ってえりなの隣に立ち、あたしはぺこりと頭を下げた。
「えりな、なにやってんの。ほら、戻るよ」
　そう言ってえりなの腕を掴み、ぐいっと引っぱった。
　けれど、えりなはあたしの腕を振りはらう。
「先輩に聞きたいことがあるんです」
「えりなっ！」
「瀬戸のことで」
　なに言ってんの!?
　ってか、なにやってんの！
　あたしは発狂しそうになるのをおさえ、もう一度えりなの腕をつかむ。
　今度はさっきよりも強く。
　白くてやわらかいえりなの腕がほんのり赤く色づいた。
　でも、それでもあたしは容赦せずえりなの腕を引いた。
「なんでもないんです。お邪魔して本当にすみませんでした！」

そう言って頭を下げようとした時、先輩があたしの顔を食いいるように見ていることに気づいて、思わず動きが止まる。
　まっ黒な瞳がまっすぐあたしを見つめてくる。
　その瞳にあたしは体の自由を奪われた……、そう思ってしまうほど、純度の高いダイヤモンドのような瞳があたしを捕らえて離さない。
「……あなた、瀬戸くんと同じクラスだよね？」
　……え？　なんで知ってるんですか。
　そう言いたいのに、びっくりして言葉が出ない。
「なんで艶ちゃんのこと、知ってるんですか」
　あたしの気持ちを代弁してくれたのは、えりな。
　えりなの大きな瞳にあたしを見つめている先輩が映っている。
　目尻の下がった笑み、愛らしく口角の上がった口もと。
　なにも知らない人が見れば、えりなはかわいく愛想を振りまいているように見えるかもしれない。
　だけどあたしは知っている。
　こういう顔した時のえりなは、相手を冷ややかに値踏みしているってことを……。
　中学からの付き合いだからわかる。
　けど、そうじゃない人ならきっと気づくことはないと思う。
「まぁ、仲がいいっていうのは瀬戸くんから聞いているけどね」
　アキが？　なんで先輩にそんな話を……？

「……で、いったいなんの用？」
　あっけらかんと言う先輩。
　驚いていたのも一瞬だったみたいだ。
　先輩は思っていたよりも快活そうだ。
「ズバリ聞きますが、先輩と瀬戸は付き合ってないですよね？」
　……はっ、はぁぁぁ!?
「ちょっ、えりな！」
「どうなんですか？」
　無視するな！
「付き合ってないよ」
　その言葉を聞いて、あたしを無視しつづけるえりなに対する怒りが一瞬で消えた。
　意識の全部が、先輩の言葉に飲みこまれていったから。
　付き合ってない？
　先輩とアキは付き合ってないの……？
　突然足もとから這いあがってくる喜び。
　体が小刻みに震えだす。
　あっという間に冬を通りこして春がやってきた気分。
　世界は色づき、暖かな日差しがあたしを照らす。
　スキップでもしたい衝動に駆られたけど、このあとの言葉に、あたしの浮かれた気持ちは一気に奈落の底へと転落してく。
「あたしは瀬戸くんが好きだけど？」
「えっ！」

驚きの声はあたしのものでもえりなのものでもない。先輩の目の前に座るご友人から発せられたものだった。
　先輩の友人も知らなかったようだ。
「それって、後輩として……とか、人として……とか言うのじゃないですよね？」
　えりなの表情はみるみる険しくなり、あかからさまな態度で、先輩に敵意を向けている。
　ホント、こわいからやめて！
　この場の空気が、ここに立ってるのがこわいから！
　けれど先輩はそれを感じているのかいないのか、ふたたびあっけらかんとした口調で言う。
「んー、もちろんそれもあるけど……。それとは違う次元の、好き」
　そう言って、にっこり微笑んだ。
「それなら……」
「あっ、ありがとうございました！」
　あたしはえりなの頭を押さえるようにしてお辞儀をさせた。
　同時にあたしは最敬礼のかまえ。
　えりなは文句言いたげに唇を尖らせてあたしをにらむ。
　とてもかわいい大きな瞳で。
「ちょっと艶ちゃ……」
「お邪魔してすみませんでした！　失礼します！」
　えりなの言葉を遮り、腕を引いてずんずんとあたし達の席へと向かう。

今気づいたけど、店の中にいた人はみんな、あたし達の行動に好奇の目を向けていたようだ。
　一気に恥ずかしさが込みあげてくる。
　けれどそんな視線も無視して、自分達が座ってた席へ戻り、荷物を持ってレジへと向かう。
「艶ちゃんってば！」
「えりな、出るよ」
「ええー！」
『ええー』、じゃないから。
　会計をさっさと済ませ、あたしは店を出た。
　しぶしぶ、えりなもあたしに付いて店を出てきた。
「これから真相を突きとめるところだったのにー」
　真相ならもう出たじゃん。
　あれが答えのすべてでしょ。
「もう、いいから」
　これ以上、傷口をえぐらないで。
　傷口に塩を塗らないで。
「……艶ちゃん、怒ってる？」
「怒ってない」
「嘘ばっかり。怒ってる顔してるよ」
「じゃあ、えりなはあたしが怒るようなことをしたの？」
　今はそっとしておいてほしかった。
　それなのにえりながしつこく詰しかけてくるから。
　だから思わず口調がキツくなる。
　えりなを振りきるように歩いていたけど、あたしはピタ

リと足を止め、言いすぎたと思い、振り返る。
「ごめ……」
「してないよ」
　言葉が重なった。
　いつもはコロコロとした愛らしい瞳と愛らしい表情を見せているえりなが、真剣な面持ちであたしを見すえている。
　思わず背筋が伸びてしまうような、そんな顔だ。
「あたしは艶ちゃんを怒らすようなことはしてない」
　きっぱりと、そう言いきるえりな。
　そんな彼女に戸惑いつつ、その表情にどこかなつかしさが込みあげてくる。
　ああ……、えりなのこんな表情を見るのはひさしぶりだな。
　中学の時、えりなは周りの女子から嫌われていた。
　くわしくは知らないけど、いろんな嫌がらせを受けていたと、まおみから聞いたことがあった。
　無視や悪口なんて当たり前。
　トイレの掃除当番の時、えりながずぶ濡れになって戻ってきたこともあったっけ。
　くわしいことはなにも言わなかったけど、きっとクラスの女子にやられたんだと思う。
　それでもえりなは負けなかった。
　彼女はかわいいだけじゃなく、強い。
　それがえりなのいいところでもあり、あたしは尊敬している。
　あたしはまおみとつるむようになって、一度、女子に呼

びだされたことがあった。
　それは、えりなをよく思ってない女子からの呼びだしだった。
　嫌味を言われ、あたしに嫌がらせをしようとした時、えりなは今みたいな表情でその女子達とやり合ったんだ。
　きれいに巻いた髪を乱しながら、それでも女子に向かっていった。
　ヒーローかと思った。
　こんなにかわいいのに、どちらかといえばお姫様とかヒロイン役が似合うのに、かっこいいとさえ思えた。
　今あたしの目の前にたたずむえりなは、あの時とダブって見えた……。
「勝手なことをしたのは謝るよ。けど、艶ちゃんは瀬戸のことをなんとも思ってないんだよね？　それなら怒られるようなことはしてないと思う」
「えりな」
「でもね、もし艶ちゃんが怒ったっていうなら謝る。でもそれって……」
　この言葉の続きを聞くのは、なんだかすごく嫌だった。
　だけど、えりなは構わず言葉を続ける。
「艶ちゃんは瀬戸が好きだって、認めることになるよね？」
　──うん。
　そうだよ。
　あたしは、アキが好きなんだよ。
　隠してたわけじゃない。

あたしも最近気づいたばかりだから……。
それに、言ったところでどうなるの？
アキは先輩が好きで、先輩もアキが好き。
さっきまでは淡い期待を持っていた。

先輩がアキを好きじゃないのなら、あたしにもチャンスはあるかもしれないって、心のどこかで、そう思ってた。

けど、これじゃもう……ふたりがくっつくのは時間の問題じゃない。

あたしが入る隙間なんてどこにあるっていうのよ。
「艶ちゃん！」
あたしは堪えきれず顔を覆った。
芯の通った声が、一気に心配そうな声色に変わる。

駆けよって、あたしの顔を覗きこもうとするえりなに言葉を返す元気はない。
「泣かないでよ、謝るから。ごめんね」
大丈夫、謝らないで。泣いてないから。
本当に涙は出てないから。
……ただ、苦しいだけだから。
「艶ちゃん」
困ったような声。
あたしは、はぁと息を吐きだして、下っ腹に力を入れる。
「えりな……今日はもう、帰ろっか」
床に置いた大量の紙袋を持ちあげ、なにか言いたげな表情のえりな。
だけど言葉を飲みこむように小さく首を振り、

「うん、わかった」
　そう言った。
　ごめんね、えりな。
　あたしのことを思ってくれているのはわかってる。
　きっとあたしの正直な気持ちを打ちあければ、えりなは相談に乗ってくれることもわかってる。
　あたしは臆病(おくびょう)なんだと思う。
　好きって気持ちを口にするのはこんなにも勇気がいることだったんだね。
　そのことに、やっと今気づいたよ……。
「えりな……」
「なに？　艶ちゃん」
「ありがと」
　えりなはまん丸な瞳をさらに丸くさせ、やがて小さく微笑んだ。
　あたし達は駅まで一緒に歩いて、そこからべつべつの電車に乗る。
　その別れ際、えりなは囁くように言葉をはなった。
「人に気持ちを伝えるってすごく勇気がいることだし、それでも絶対うまくいくとはかぎらない……。けどね、たとえフラれてもそれは、けっして失敗なんかじゃないんだよ」
　それだけ言ってえりなは電車に乗りこみ、あたしに向かって小さく手を振った。

　えりなと別れた帰り道、いつもマナーモードにしている

スマホがブルッと鳴った。
　画面を見てなんとなく小さなため息をつき、通話ボタンを押す。
「……なにか、用」
『ひさしぶりだっていうのに、つれねー挨拶(あいさつ)だな。元気してたか？』
　スマホから聞こえてくるのはカンの声。
　背後がなにやらざわついてる。
「ちっ」
『おい、挨拶しただけで舌打ちとかひどくねぇ？』
「ひさしぶりだから挨拶したんでしょ」
『なんだそれ。ヤンキーかよ』
　『ははは』なんて愉快そうな声でそう言った。
「……切るよ」
　耳からスマホを離し、切ボタンを押そうとした時、慌てた声がスピーカーから響く。
『わー、待て待て！　今からみんなでボウリング行こうって話になってんだけど、ツヤコも来いよ』
　ボウリング？
「みんなって、誰？」
『クラスのヤツら。ほかのクラスのヤツもいるけどな』
　クラスのヤツら？
　それじゃあ、アキもいるのかな？
　あんなに会いたいと思っていたけど、今はちょっと会いたくない。

会った時、どんな顔をしたらいいのかわからないから。
「今、そんな気分じゃないからいい。それにボウリングはヘタだし」
『バーカ。気分じゃない時にするのがボウリングだろ』
　バカはどっちよ。なんてむちゃくちゃな話だ。
「ちっ」
『まぁまぁ、イライラすんな。むしろイライラしてんならボウリングに来い。スカッとするぞー！　ツヤコのへっぴりボウラー具合も見せてもらおうじゃねーか。はははっ』
「今心が決まった。絶対行かない」
　カンのくせに言ってくれる……。
　次会った時覚えてろ。
『わー！　そう言うなよ。悪かったって。ちゃんとバランスよくチームはわけるから。おい、アキからもツヤコになんか言ってやれ』
　電話の向こうでガサガサとざわつく音がしている。
　だけどそれよりも、あたしはアキの名前にドキリとした。
　心臓が飛びあがるのを感じながら、耳は電話の向こうに集中している。
『なー、早くなんか言えよ。……っておい、どこ行くんだ？』
『うるさい。トイレだ。ついてくんな』
『なんだよアイツ……。とりあえず待ってるからな。場所はメールで送っとくから。絶対来いよ』
「……行かないってば」
　あたしが言葉を言いきる前に、カンは電話を切った。

本当に勝手なヤツだ。
……絶対行かないんだから。
今、アキに会うのは気まずい。
先輩の気持ちまで知ってしまったから、ますます会いたくない。
あたしの失恋は、決定的だ。
……なのに、さっき聞こえた声を、あたしは聞きのがさなかった。
騒がしい背後で小さく聞こえたアキの声。
あたしはそれを聞きのがさなかった。
全神経を傾けて、アキの声を拾っていた。
きっとアキはまだ前のことを怒っているだろうな。
アキって意外としつこいから。
でも、そのほうがいいのかもしれない。
このまま離れていれば、これ以上心を乱さなくてすむから。
そう思っているのに。
……恋って、なんて厄介なんだろう。
もうこの恋に見こみはないのに。
そうとはわかっていても、アキに会いたいと思うあたしがいる。
会わないうちに、熱が冷めてくれればいいのに。
……そう思うのに、会えない間も、想いはどんどん膨らんでいく。
恋って、ホントに楽しくない。
ただただ、辛いだけ。

たくさん恋をしているえりなは、いったい恋のなにがいいって言うんだろう。
　その時、握りしめていたスマホが小さく震えた。
　カンからのメールだった。
　あたしはしばらく立ちどまってそれを見つめた……。

「おっ、来た来た！　おせーぞ。ツヤコ」
　遅い？　連絡来てから寄り道せずに来たっていうのに？
「それはカンが連絡してくるの遅かったからでしょ。人がせっかく来てあげたっていうのに」
　ギロリとにらみつけ、カンのところへ駆けよった。
　するとカンはあたしから逃げるみたいに距離をとった。
　たぶん、あたしの殺意にも似た怒りを感じとったに違いない。
「悪かったって。おれ達も、さっきまでバラバラに遊んでたんだ。そしたら街中で偶然出くわしてさ、その流れでボウリング行こうってなったんだ」
　なによ、その流れ。
　あたしはカンから視線を外し、辺りを見わたした。
　人混みの中、見なれたクラスメイトや、顔だけ知ってる他のクラスの子。
　偶然出くわしたわりには人数が多い。
　きっと、この中の数人はあたしと同じで急きょ呼びだされたんだと思う。
　あたしがボーッと辺りを見わたしている時、クラスメイ

トのひとりがこちらを向いて呼んだ。
「おい、カン。混んでるから、さっさと行くぞ」
「へいへい」
　カンがあたしに背を向け、数人の友達も目の前のボウリング場に向かって歩きだした。
　その時、あたしは目の端でアキの姿を捉えた。
　学校の制服姿しか見たことないけど、今日のアキは私服だ。
　赤いチェックのシャツの上にネイビーのブルゾンを羽織って、黒いパンツ姿。
　さらにやわらかそうな茶色い髪をいつもより遊ばせている。
　これが、アキの私服なんだ……。
　——ドキン。
　いつも見る姿とは違うアキに、あたしの胸は素直に反応する。
　血が全身を駆けめぐる。
　同時にあたしは口もとをマフラーにうずめながらも、目だけはアキを追っていた。
　アキは全然あたしのほうを見もしないで、ボウリング場へと入っていく。
　——ズキッ。
　心臓の音が変わる。
　小さな針が胸を刺す。
　いつもなら笑顔であたしに声をかけてくれるはずなのに。
　以前のアキならきっとそうだった。

なにも言わなくても、『ツヤコ』ってあたしの名前を呼びながら、お日様みたいに笑うんだ。
　その笑顔を見ると、あたしまで楽しい気持ちになって笑顔になる。
　——そう、この間までは。
　アキとの距離はまた、遠いものになってしまったみたい。
　やっぱり……来なければよかったのかな。

「ツヤコ……。マジで壊滅的なヘタさだな」
　ボウリングの球を投げる瞬間、腕が球の重さに負けて持ってかれそうになり、思わずよろめいた。
　頑張って投げた球は迷いなくサイドの溝へと流れこむ。
　そんなあたしの背後でカンはお腹を抱えて笑いながらそう言った。
「……だから、ヘタって言ったじゃん」
　ギロリとにらみながら、あたしはふたたびボウリングの球を掴んで、かまえる。今度はカンに向かって。
「おお、気づいてないだろうから言っとくぞ。今のツヤコ、人殺しの目してるからな。球投げる方向もこっちじゃねーからな……」
「あたしヘタだから、手もとが狂ったらごめんね〜？」
「おいっ、それワザとだろ！」
　あたしが球に憎しみを込めているその時、隣のレーンから歓声が上がった。
「瀬戸すごーい！」

「おお！　次ストライク取ればターキーじゃねーか」
「えー！　瀬戸くん、かっこいいー！」
　ちょうど隣のレーンでアキが２本目のストライクを決めたところだった。
　あたしのほうは一切見向きもせず、颯爽とした足取りで仲間のいる席へと戻っていく。
　みんなとハイタッチを交わしながら……。
「ちっ」
　思わず舌打ちがこぼれる。
　けれどそれも隣のレーンの歓声にかき消された。
　なんであたしはよりによってカンと同じチームなんだろう。
　それよりアキってば隣のクラスの女子とも仲よさそうにしちゃって。
　"瀬戸くんかっこいー！"　だって。
　チヤホヤされて、内心すっごい喜んでるに違いない。
　……あの手紙を渡した時みたいに。
　あの時のことを思い出しただけでイライラする。
　その怒りをぶつけるように、あたしは球を投げた。
　もちろんちゃんとピンに向けて。
　けど。
　……。
「ツヤコ、とりあえず球変えてこいよ。重すぎて、完全に腕持ってかれてるだろ」
　もっともらしいアドバイスをしながら、カンはお腹を抱

えて笑っていた。
　あたしの投げた球はさっきとは反対側の溝に納まって、消えていった。

　３チーム対戦のボウリング。
　最下位はあたし達のチームだった。
　最下位のチームが１位と２位のチーム全員にジュースをおごることになっていた。
　みんなにジュースを配りながら、あたしはアキの姿を探していた。
　アキはブラックコーヒー。あたしがそれを持ってるのに、アキの姿は見当たらない。
　どこに行ったんだろう……？
「よーし、リベンジだ！　ってかチーム替えするぞー！」
　そう言って人数分のクジを握るカン。
「ツヤコ、さっさと引けよ」
「いや、あたしはもういい」
　やっぱり来るんじゃなかった。
　ボウリングはつまらないし、イライラするし。
　だけど、カンが簡単に帰してくれるわけがない。
「なに言ってんだ。まだまだこれからだろ」
　なにそれ、知らないよ。
「今日は家族みんなでご飯を食べる約束があって、これ以上は無理だから」
　なんて、嘘だけど。

そんな予定はないし。
「バカヤロウ。家族愛より友達愛だろ！」
「あんたは他人でしょ」
「ひどいな、おい」
　大げさな様子でショックを受けるカンの横を通りすぎ、席に戻って荷物を取る。
　そばにいたクラスメイトに声をかけると、みんないい子達だから残念そうにはしてくれたけど……、これ以上はごめん。
　ここにいるのは、正直ツライ。
　そんなことを思いながら、あたしはこの場を立ちさった。
「……帰んの？」
　靴を履きかえている時だった。
　そう、背後から声が聞こえて振りむくと、そこにいたのはアキ。
　あたしが机の上に置いてきたブラックコーヒーを飲みながらじっとこちらを見てる。
　あたしはちょっと驚いて、一瞬固まってしまった。
　いや、もしかしたらひさしぶりに話すから緊張しているのかもしれない。
　どっちにしても、言葉は喉の奥へと引っこんでしまった。
　しばらく沈黙が続き、それを破ったのはアキだった。
「悪かったな」
「……え？」
「手紙のこと……無理におれの暇つぶしに付き合わせて悪

かった」
　それだけ言うとあたしから目を逸らし、みんなのところに戻っていった。
　あたしはバカみたいにその場に立ちすくんでしまった。
　人が入れ替わり立ち替わりしているボウリング場。レンタルシューズに履き替える人で溢れる中、たくさんの人にぶつかってよろめきながらも、その場にじっと立ちどまっていた。
　じっとアキのうしろ姿を見つめながら。
　その背が見えなくなってからも、ずっと。
　ああ、これで本当に、終わってしまったんだ、と、そう思って……。

＊ラブレター

　冬休みが明けても全然暖かくない。
　まだまだ寒い。
　冬眠したい。
　そんなことを思いながら、毎日学校に通っていた。
　新しい年。
　新しい学期。
　そして、冬休み前に移動した新しい席。
　あたしとアキは、あれから一度も話をしてない。
　一番うしろの席のアキは、教室を出入りする時いつもうしろのドアを使用している。
　あたしは一番前の席。
　だからあたしは前のドアを使用している。
　そうすると、あたし達はすれちがうこともないし、お互いの席を行き来することもない。
　あたし達の距離はとても遠かった。
　それは席だけじゃなく……ううん、席よりも、もっと心の距離が遠かった。
　前に火星にいる設定のSFチックなラブレターを渡したことがあった。
『──同じ惑星にいた時はこんな気持ちにならなかったのに、今はアキに会えなくて寂しいと思っている自分がいる』
　不思議だな。

あれは妄想で書いたラブレターだったのに。
　それが今では現実になっている。
『――何億km離れて初めて気づいた。あたしはアキがいないととても寂しい』
　本当に。
　思っていたよりもずっと寂しい。
　本当に寂しい時や悲しい時って、意外と涙は出ないんだなって冬休みに思い知った。
　ボウリング場でアキに言われたあのひと言。
"無理におれの暇つぶしに付き合わせて悪かった"
　あれはラブレター交換の終了を意味していた。
　そしてそのとおり、あたし達は手紙を出しあうことはなくなっていた。
　告白することもなく、あたしの恋は終わった。
　このままきっと、進級してクラスも別々になって……そうしてあたし達の接点は、なくなるんだ。
　席が近くなる前に戻るんだ。
　お互いのことをよく知らず、名字に"さん"や"くん"を付けてたあの頃に。
　あたしはチラリとうしろを振り返った。
　教室、まん中の列の一番うしろ。アキの座る席。
　だけど、その席にアキの姿はなかった……。

「やっと終わったー！」
　んーっと腕を伸ばし伸びをする。

ずっと机にかじりついていたせいで、体がなまって仕方ない。
「秋月、今日やったところは帰ってからもちゃんと復習しておくんだぞ」
「はぁーい」
　生返事をし、ノートと筆記用具をまとめて教室をあとにした。
　どうやらあたしの成績はそうとう悪いらしい。
　最近、授業中はなるべく頑張って起きている。
　というか一番前のせいで寝れないんだけど。
　でも起きているのに授業に身が入らないせいで、前の席の時より授業を聞いてるはずなのに、点数は下がってしまった。
　小テストが散々な結果だったせいで、毎週放課後、補習を受けている……。
　でもここでテストの点を落とすわけにはいかない。
　なにせ進級がかかってるんだから。
　……そう思って自分を奮いたたせているけど、なかなかうまくいかないんだ。

「先生、さよーなら！」
「おっ、帰る時だけは威勢(いせい)がいいな」
　当たり前じゃん。
　そう思いつつ、笑顔で教室の扉を閉めた。
　さて、自分のクラスに戻ってカバンを取ってこなくちゃ。

西日が差しこむ廊下。
眩しくて思わず目を細める。
廊下に人気(ひとけ)はない。
居残りがない生徒はとっくに帰ってる時間だし、ここは移動教室に使われる校舎だから、他に誰もいるわけない。
そう思った時、何気なく窓から見える裏庭を覗く。
廊下に人がいないように、裏庭にも人がいるわけない……はずだった。
思わず足が止まり、心臓が締めつけられたような痛みが走る。
「……アキ」
裏庭にひっそりとたたずんでいたのは、アキと、雪村先輩。
なんで……？　なんでふたりで……。
嫌な考えが頭を過る。
ふたりはもう、付き合ってるんじゃ……。
先輩はアキが好きだと言っていた。
それも冬休みに聞いた話だし、あれからお互いの気持ちを知って付き合っててもおかしくない。
アキはまた、身長伸びたみたいだし。
きっとモテるんだろうな。
あたしの知らないところでも、告白されたりしてるのかな。
……あ、やばい。
そんなことを考えてたら、無性に泣きたくなった。
でも涙は出ない。
苦しいのに、涙はどうしてか出てくれない。

泣いてしまえば少しは楽になれるのに。
ふたりはあたしに背中を向けて花壇(かだん)に座っている。
なにやら楽しそうな様子が背中からも伝わってくる。
あっ、アキが笑った。
あたしがいる3階からでもアキの肩が揺れるのがわかる。
きっとお日様みたいな顔で笑ってるんだろうな。
あたしが好きな、あの笑顔で……。
——ズキン。
苦しくて思わず窓の桟(さん)に額を乗せる。
あーもう、どうしたらこの痛みは消えるんだろう。
誰か教えてよ。
神様に祈りを捧げるように、あたしは教えを請(こ)う。
誰でもいい。
誰でもいいから、教えて……。
『——たとえフラれてもそれは、けっして失敗なんかじゃないんだよ』
　それは突然だった。
　脳内で再生されたその声は、えりなの言葉だった。
　……えりな、告白なんてできないから。
　無理だから。
　えりなは失敗じゃないっていうけどさ、でも、フラれるのがわかってて告白するなんてあたしにはできない。
　そんな勇気はない。
　はー、と息を吐きだし、ゆっくりと頭を上げる。
　そしてふたたび裏庭を見おろすと、先輩は立ちあがって

アキに笑顔を向けていた。
　それを受けて、アキも照れたように顔を赤く染めて目尻を下げた。
　小さな泣きぼくろすら笑ってるように見える。
　——ズキン。
　さっきよりも深く、鈍い音が胸の奥で鳴った。
　これ以上は見てられない……。
　そう思って立ちさろうとした時、先輩はアキになにかを手渡し、アキはそれを受けとった。
　……あっ。
　すぐにアキのポケットにしまわれたそれは、一瞬だったけど、あたしにはなにかわかった。
「……手紙」
　まちがいない。あれは手紙だった。
「ほーらね。……やっぱりじゃん」
　本当はあたしなんかじゃなく、先輩とラブレター交換、したかったんでしょ？
　あたしはただの予行練習だったんでしょ？
　そう思うとやっぱり悔しい。
　本当に暇つぶしだったんだって思って……。
　あたしはちゃんと考えた。
　文章も、アキのことも。
　ちゃんと考えて書いてたのに、アキは違ったんでしょ？
　先輩を想いながら、あたしを利用して書いてたんでしょ？
　人がこんなにも悩んでるっていうのに……ホント、むか

つく。
　先輩がアキに手を振りながら颯爽とその場を去り、残されたアキは先輩のうしろ姿を見おくりながら、まだそこに座りつづけている。
　ムカつくムカつく。
　あたしはおもむろにノートを開き、なにも書いてないページを引きちぎった。
　ビリリッ！
　乾いた廊下に乾いた音が響きわたる。
　ペンを出し、
"アキのあほ！"
　と、ひと言書いて紙をくしゃくしゃに丸め、窓の外へと投げすてた。
　もちろん、アキを目がけて。
「あっ！」
　投げた瞬間、丸めた紙は風に乗ってそれていく……。
「ちっ！」
"チビ！"
"短気！"
"嘘つき！"
"こっち向け！"
"いい加減、気づけ！"
　書いては投げ、書いては投げ……るのに、どれもアキのところまで届かない。
「なんでよ！」

こんな紙切れすら届かないっていうの？
あたしの想いは、すべて届かない……。
ふたたびノートをちぎろうとした時、アキはゆっくり立ちあがって、歩きだした。
なにごともなかったような足取りで、アキは門の方向を向いていた。
あたしは奥歯を噛みしめ、ふたたびペンを取る。
ひと言書いて、今度は丸めずに折った。
ひさしぶりに折る紙ひこうき。
しかもこんなノートを破いた紙でちゃんと飛ぶのかわからない。
でも、もう、なんでもよかった。
このイライラが、この苦しさが、消えてしまうのなら。
どうか。
どうか、お願い。
あたしの想いが、届きますように。
たくさん言葉を考えた。
たくさんラブレターを書いてきた。
それでも今、思いうかぶ言葉は、たったのこれだけ。
あたしはアキが──
"好き"。

小さく息を吸って、吐いて。
もう一度吸って……。
あたしは紙ひこうきを投げた。

「……いっ、けぇ」
　あたしの想いとともに、届け……。
　投げた紙ひこうきは、赤く焼けた空を優雅に泳ぐ。
　とても気持ちよさそうに、視界いっぱいに広がる大空を。
　あたしの想いを乗せて。
　そんな紙ひこうきを見つめながら、願う。
　手紙がアキの元へ届きますように。
　行き場のないこの気持ちが、この想いが、アキに届きますように。
　叶わなくたっていい。
　たとえ、叶わなくたっていいから……。
　ただ、ただ、届きますように……と、そう願って……。
　だけど。
　途中までスイスイと泳いでいた紙ひこうきは突然急降下を始めた。
　気まぐれな風がひこうきの行く手を阻みはじめる。
　順調に突きすすんでいたけれど、今はもう風の後押しもなく、紙ひこうきは力なく墜落していく。
　アキのいる場所から遠く離れた、はるか後方で。
　ああ……ひこうきもあたしの想いも、アキの元へは届かないんだ。
　そうだよね。そんなドラマチックな展開あるわけない。
　そう思ってる間にアキはどんどん歩いていってしまう。
　その姿はどんどん小さくなっていく。
　あたしはがっくりと肩を落とした。

なんだか一気に疲労が押しよせてきた気がする。
すっごい疲れた。
あたし、いったい、なにやってんだろ。
「……かえろ」
　……これで諦めもつくかも。
　うん、そうだそうだ。
　きっとこれは、もうアキとは縁がなかったってことだ。
　アキとあたしは結ばれる運命ではなかったってこと。
　うん……。
　それって……すごく悲しいけど。
　でもこればっかりは仕方ないよね。
　だって、これが運命なんだから。
　なんとか自分に言いきかせて、くるりと背を向け歩きだした。

　その時。
　……バタ、バタバタ。
　遠くでなにか音がした。
　と、そう思った瞬間。
「ひゃっ」
　背後から襲う、突風。
　それは塵や埃、あたしの髪やスカートもすべてを巻きあげ、駆けぬける。
　まるで春を知らせる風のように。
　少し早い春一番のように。

一瞬で走りさった風に乱された髪を整え、身がまえていた体の力を抜いた時。
「……ツヤコ？」
　血が沸きあがり、鼓動が加速する。
　あたしをドキドキさせる声……が、窓の外から聞こえた。
　声に引っぱられるように、気がつけば振りむいていた。
　振りむいた先で、目はただ一点だけを探してた。
　声の主を。
　足を止めてあたしを見上げるアキの姿を。
　……あっ。
　一気に心音が激しくなる。
　アキの手に握られてるもの。
　それは、さっきあたしが投げた紙ひこうきだった。
「これ、ツヤコの……？」
　不思議そうに紙ひこうきとあたしを交互に見つめる。
　……やばい。
　血の気が引いてくのがわかる。
　頭が一気に冷静になる。
　どうしよう！
「なんか書いてある……？」
「わー！　ちょっと待って！」
「おっ、おい！　危ないって！」
　思わず窓から身を乗りだすあたしに、アキはひやりとした表情で窓の下まで駆けよってくる。
　ストップ、ストップ！

お願いだから開けないで！
見ないで！
読まないで！
今度は火を吹きそうなほど顔が熱い。
「ちょっとそこで待ってて！　それ、絶対見ないでよ！　いい？　わかった!?」
　必死だ。
　自分の必死さ加減が、痛々しい。
　でもそんなこと、今はどうだっていい。
　どうだっていいから、とにかく回収しなければ。
　だってあれはいきおいで書いてしまっただけで、いったん冷静になったら、恥ずかしくて仕方ない。
　すべては勢いだった。
　心は平静を呼びもどしていた。
　だから、もう今となっては……中身を読まれまいと必死だった。
　どうやらさっきまでの勇気といきおいはあの風と共に去ってしまったみたい。
「今からそっち行くから。だからそれ、見ちゃダメ！　絶対ダメ！」
　悲鳴に近い声で叫び、そのままアキの元へ駆けだした。
　階段を２段飛ばしで駆けおり、息を切らしてアキのところへ向かう。
　校舎を飛びだし、裏庭を駆け、そこにたたずむアキを見て——息が止まった。

「……あっ」
　アキがあたしをにらんでる。
　それも相当こわい顔つきで。
　……し、しまった。
　アキの手もとには、くしゃくしゃになったノートの切れ端。
　それはさっきあたしがアキに投げていたもの。
　届きもしない、かすりもしない。ただただアキに向けた悪口の手紙。
「……ケンカ、売りにきた？」
　そんな。
　めっそうもない……。
「あのさ、それ……」
「うん」
　なによ。
　その話は聞くよ？　的なスタイルは。
　アキは仁王立ちであたしを見すえてる。
　重圧的なオーラを放ちながら、あたしがなにか言うのを待っている。
　なんだかアキがいつも以上に大きく見える。
　アキ、やったじゃん。……なんて軽口が叩けるわけもなく。
「いや、だからその……」
　アキは静かに怒っている。
　目が一切笑っていない。
　ひさしぶりの会話がこれって……、最悪だな。
「べ、つに、アキに書いたわけじゃなくって……」

「"チビ"も？」
「そう、チビも」
「"短気"も？」
　どんだけ拾ってるのよ。
「そ、そう、短気も……」
「ふーん。じゃ、これは？」
　そう言ってくしゃくしゃの紙を広げ、あたしの目の前に高々と掲げた。
　それを見た瞬間、思わず目を伏せた。
「"アキのあほ"って書いてあるけど？」
　たぶん、３回は心臓止まったと思う。
「それもなにかのまちがい、かなぁ……？」
「ふーん。ツヤコがおれのことをどう思ってるのかよくわかった」
　アキはそう言って、氷のように冷たく、鋭い視線を向けている。
　けれどあたしは、そんなアキの態度にひるむどころか立ちむかった。
　アキの言葉に頭をカッと熱くさせながら……。
「違う。それは」
　だってそれは、あたしの勝手な嫉妬だから。
　ドロドロした気持ちで、けっして本心なんかじゃない。
「じゃ、この紙ひこうきにはさぞすごいことが書かれてるんだろうなぁ」
「そう、だよ」

ふたたびアキの目が尖る。
　心臓が縮みあがりそうになるほど、冷たい目。
「それなら読まなくて正解だった。ムダに傷つくところだったな」
　そう言ってアキはあたしに全部突きかえしてきた。
　けど、あたしはそれを受けとらない。
　アキがどんなにあたしをにらもうと、どんなに冷たく言いはなとうと、ここで逃げてはいけない。
「……読んで、みてよ」
　誰だってこわいんだ。
「そのひこうきの中に」
　逃げるな。
「書いてある」
　失敗を恐れるな。
「あたしが、アキのことを、本当はどう思ってるのか」
　ため息が聞こえた。
　その声にあたしの心は折れそうになる。
「なにが書いてあるかぐらいわかってるから」
「わかってない」
　わかってないくせに。
　ため息ばかりつかないでよ。
「ちゃんと、読んでみてよ」
　語尾がちょっと震えた。
　アキは気づいただろうか。
　だけど、顔を上げる勇気はない。

今はべつのところに勇気を総動員してるんだから。
「そんなにわかってるって言うのなら、中身確認してみてよ」
「…………」
　無言だったアキが、ふたたびため息をこぼし、
「わかった」
　と、そう短く答えた。
　カサカサと紙のすれる音が聞こえる。
　徐々にあらわになる中身。
　完全にひこうきが解体されたことは、紙の音でわかった。
　あたりを流れるものは、乾いた微風だけ。
　しばらくしてもなにも言わないアキにしびれを切らしたあたしは、ゆっくりと顔を上げた。
　すると……。
「……えっ」
　目の前には手紙を持って固まったままのアキの姿。
　そこまでは想定の範囲内。
　だけど想定と違ったのは、空いた片腕で自分の顔を隠すその様子……。
　アキの顔はまっ赤に燃えあがっていた。
　え？　あれ？
　思っていた反応とはだいぶ違うんですけど。
　困った顔をされるか、うれしそうにはにかむか。
　きっとそのどちらかだと思っていた。
　たとえうれしそうにされたとしても、それを間に受けた

らだめだってわかってる。
　だって前にほかの子からのラブレター渡した時、アキはとてもうれしそうだったし。
　でも、でも……。
　……なんで赤面？
「ま、待って。これって……誰が書いたやつ？」
　おーい、アキさーん。
　今までの話、聞いていましたか？
　それ、あたしが書いたって言ってるじゃない。
　そこにあたしの気持ちが書いてあるって言ったじゃない。
「どこまで鈍感なのよ」
　思わず吐きでた暴言。
　しまった、と、そう思った時にはもう遅い。
　アキがにらんでいる。
　でも、でもさ……。
「アキって、そんなに赤面症だっけ……？」
　怒っているくせに、顔はまっ赤だし。
　その赤さは怒ってるせいじゃないってことくらいわかってる。
　そんなアキをちょっとかわいいとか思ってしまうあたしは、なかなか重症だ。
「だ、れの、せいだと……！」
　そんなこと言われても。
　むしろ赤面したいのはあたしのほうなんだけど。
　だってよく考えてみてよ。

これじゃ、どっちが告白してるのかわからないじゃない。
「うん、アキ。とりあえず、顔隠してるつもりだろうけど隠れてないから。もう隠すのやめたら？」
　あっ。はぁ？　って顔してる。
　愕然（がくぜん）とする時、人はこういう表情をするんだ。
「……ひっでぇ」
「はい？」
「ツヤコ、おれをからかって楽しんでるだろ」
「なに言ってんの？　からかってなんかないし」
「もういいって。ツヤコはカンに似てるところがあるって思ってたから。そうやっておれの反応見て、おもしろがってるんだろ」
　なによそれ……。なんでそうなるの？
　精いっぱいの告白を……人生初の告白を……こっちのがからかわれている気分じゃない。
　……まぁ、たしかに。
　ちょっとはおもしろがっていたかもしれないけど。
　でもさ。
　あたしはこの一瞬にすごい勇気を振りしぼったんだからね。
　気を抜いたら膝が笑いだしそうなくらいなんだから。
　今だって気づいてないかもしれないけど、体は小刻みに震えてるんだから。
「信じてくれないなら、もういい。それ、返して」
　"好き"のひと言が書かれた手紙。

ううん、手紙だなんて呼べるような代物じゃない。
　だってそれは、ただのノートの切れ端だし。
　紙ひこうきにしちゃったからシワだらけだし。
　それになにより、あんなに練習したというのに、実践ではたったのひと言だったし。
「やっぱり……あんなラブレターなんて、なんの実にもならなかったじゃん」
　はぁ、と小さくため息をつく。
　アキはまだ手紙を返してはくれない。
　その表情を見るかぎり、判断に困ってるみたいだ。
「……なぁ、ホントに？　ホントに信じていいのか？」
「どれだけ疑えば気がすむのよ」
　今度はあたしがにらむ番。
「ちっ」
「舌打ちするなって」
　告白の時まで舌打ちするあたし。
　指摘されるまで気づかなかった。
　けど、もういいよ。
　舌打ちだってしたくなるでしょーよ。
　告白してるのに疑われて、挙げ句の果てに、からかわれているとまで言われ、にらまれるなんてさ。
　フラれることは失敗じゃないってえりなは言ってたけど……、これはさすがに失敗じゃない？
「ツヤコはさ」
　おもむろに囁かれる言葉。

手紙はまだアキの手の中にある。
　さすがにあたしも差しだした手を引っこめ、言葉の続きに耳を傾けた。
「なんだかんだ言って、やっぱりカンが好きなんだろうなって思ってた」
　……は？
「はぁぁ!?」
　なんでそうなるのよ！
「天変地異が起きたってありえないし！」
　あれだけ否定したじゃない。
　最初っから、カンは友達だって言ってるじゃない。
　それがなんで今頃そうなるの！
「この間だって、ボウリング苦手なくせにカンが呼んだらすぐ来たじゃないかよ」
　それはアキも来るかもって思ったから。
　むしろあたしはアキに会いたくて行ったんだし。
「ずっと様子が変だったし。ほら、おれとケーキ食べに行った時はどっか気まずそうだっただろ」
「それは……」
　好きだからじゃん。
　アキが好きだから。
　だからどんな態度とったらいいのか、わからなくなったんだよ。
　だから、変な態度取ったり、変な行動しちゃったんだよ。
「おれと他の人をくっつけようとしたり」

「あたしがいつ、くっつけようとしたのよ」
「手紙、渡してきたろ？」
　その言葉に、あたしの頭の中では小さくカチン、と音が鳴った。
「それはっ……アキに宛てた手紙だったからでしょ！」
　当然じゃない。
　あのまま手紙を盗むなんてできるわけないじゃない。
　ううん、本当は渡したくなかった。
　けど、あたしだってアキが好き。
　だから告白する勇気がどれほどのものか知ってる。
　だから……。
「先輩とのことも応援されてるみたいだったしな……」
　アキはちょっぴり悲しそうに笑った。
　なんでそんなふうに笑うかな。
　だって悲しいのはあたしのほうなのに。
　告白しても、アキはあたしのことを見てくれてない。
　悔しい。こんなのってない。
　せっかく勇気を振りしぼったというのに、想いを伝えたというのに。
　それなのにまだ、あたしの想いはアキには届かないんだ。
　頬をかすめる風がやけにひんやりと冷たく感じられた。
　違和感を覚えたのはそれだけじゃない。
　同時にアキがギョッとした表情であたしを見たから。
「ツ、ツヤコ……！」
　アキの手が、あたしの頬数センチのところでピタリと止

まった。
　触れるのに戸惑っている。
　どうしてアキがあたしの頬に触れようとしたのかはすぐに理解できた。
　あたしの瞳からぽろぽろ、ぽろぽろと涙が溢れだしていたから。
　今度はあたしが顔を隠す番だった。
　なんでこんなタイミングなのよ？
　今まで散々出なかったくせに。
　なんで今なのよ。
　やめてよ、今は泣きたくなんてないんだから。
　止まれ。
　お願い、止まって。
「……うぅ」
「ツヤコ、ごめん」
　謝らなくていいから、あっちに行って。
　そう言いたいのに、言葉が出ない。
　今まで散々口を滑らせてきたというのに、どうして今はなにも言えないんだろう。
　ホントにうまくいかない。
「ごめん」
　もういいから。
　お願いだから、このタイミングで謝らないでよ。
　すっごいみじめになるじゃん……。
「ごめん。頼むから、もう泣くなよ……」

頭のすぐそばでアキの声が聞こえる。
　アキの温もりを感じる。
　でも今は、それさえも苦しい。
「なぁ、ツヤコ」
　もうアキなんて知らない。
　これでなにもかも心置きなく、元の関係に戻れるんだから。
「ツヤコ、おれ……」
　お互いのことをよく知らなかったあの頃に。
「おれ、本当は……」
　近くて、一番遠い、クラスメイトに。
「……ずっと、ツヤコが好きだったんだ」
「…………っえ？
　今、なんて……？
　涙を拭って顔を上げる。
　すると目の前にアキの顔があった。
　こんなにも悲しいのに、今もなお涙は溢れて止まらないのに。
　それでもすぐそばにあるアキの顔を見ると、あたしの心臓は息を吹き返したみたいにドクドクと唸る。
「……なぁ、ちゃんと聞こえた？」
　そう言って、アキはふたたび頬を赤らめた。
「な…………はぁ……？」
「はぁってなんだよ」
　アキは小さく唇を尖らせた。
「だ、だって……、アキは先輩が好きなんでしょ……？」

「だからなんでそーなるんだよ」
　そんなのこっちが聞きたい。
「だって、よく先輩を目で追ってた……」
「いや、追ってないし」
　嘘ばっか。
「いや、にらむなよ。ホント、なんでそう思うのかがわからない」
　なんでわからないのよ……。
「先輩と話してる時のアキって、すっごく顔が赤いの知ってた？」
「なんだよ、それ」
　だから、それはこっちのセリフだってば。
「アキは自分の顔見たことないでしょうけど、いつもまっ赤だし。さっきだって……」
　そう言いかけてふと思い出す。
「そうだ、先輩から手紙。手紙もらってたでしょ。すっごいうれしそうだったよね！」
「……なんだ。見られてたのか」
　そう言って目をそらす。
　ほーらボロが出た。
　やっぱり先輩が好きなんでしょ？
　もう怒んないから、すべて吐いてしまえばいいのに。
　そしたらもう、諦めもつくから……。
「これさ……、じつは元カノからの手紙なんだ」
　……はぁ？

…………はぁぁぁ？
　アキはポケットから取り出した一通の手紙をチラッと見せて、ふたたびポケットにしまった。
「おれの元カノ、雪村先輩の妹なんだよ」
「なっ!?」
　なにそれ……。
　うっっっっそくさい。
「あっ、今嘘くさいとか思っただろ」
「当たり前じゃん」
「嘘じゃないって」
「だって先輩は……」
　今までのことが走馬灯のように頭を駆けめぐる。
　そんな過去の思い出に胸を締めつけられながら、言葉を絞りだした。
「アキのこと、好きだって……」
　先輩はたしかにそう言ってた。
　だからこそあたしには勝ち目なんてないと思ったんだから。
「はぁ？　そんなわけないだろ」
　はぁぁ？
　あたしは開いた口が塞がらない。
「誰から聞いたんだ？」
　本人……とはさすがに言えない。
「だ、誰かがそう言ってるのを聞いたって……。噂だよ、噂」

「はぁ、そんなとこだと思った……。先輩がおれを好きなんてありえないからな」
　いやいや、これに関しては本人の証言を元に言ってるんだからね。
　だからアキ、ごまかしても無駄だよ。
　ネタはあがってるんだから。
「なんでそこまで言いきれるのよ」
「だって先輩、すっごいシスコンだから。だから、おれもこうやって元カノからの連絡とか先輩通じて渡されるんだよ」
　そう言いながらほんの少し肩を落とした。
　でも、そうは言っても、やっぱりおかしいでしょ。
「なんで？　元カノと直接連絡取ってないの？」
「取ってない。中学卒業してから一切。けど、あっちは話があるみたいだけどな……」
「それって……復縁を求められてるってこと？」
　ズバリ聞いたら、アキはなんとも言えない苦々しい顔で笑った。
　……図星ですか。
　なるほど。それなら納得はいくかもしれない。
　先輩がアキを人として、友達や後輩としての好きとは別と言った意味。
　あれは大好きな妹の好きな人、ってことなんだね……。
「……でも手紙もらったり、情報教えてもらってうれしそうだったよね」
　そう言うと、アキは再びはぁ？　って顔をした。

「どこが! これでも毎回困ってるんだからな。あまりにも元カノとの復縁を求められるから、おれサッカー部辞めたんだぞ」
「えっ、それで辞めたの!?」
 それは意外な事実。
 ……そうとう困ってたんだね。
「でもなんでそんなかたくなに拒否すんの? 復縁しなくても、一回会って話ぐらいしたらいいじゃん」
「したに決まってるだろ。けど納得してくれないんだ……。元カノ、というより先輩が……」
 わぁ。
 それはすごい。
「だけど、うれしそうだったじゃない。顔まっ赤にしてさ」
「してないし」
 いやいや。
「してたから。今度先輩と話す時は自分の顔、鏡で確認するといいよ」
 アキが眉間にシワを寄せながら頭を掻いた。
「そりゃ……元カノと付き合ってた時の話をこまかくされるんだぞ? しかも元カノの姉に。恥ずかしいに決まってんじゃんよ」
「でも、うれしそうだった」
「ツヤコ、しつこいぞ」
「だって、本当のことでしょ」
 あたしはちゃんと見てたんだから。

だからこそアキは先輩のことを好きなんだって思ったんだ。
「どう思ってんのか知らないけど、喜んでたわけじゃないから。たしかに先輩は楽しい人だし普通に話すけど……好きなんかじゃない」
　まっすぐ見つめてくる瞳を、あたしは見つめ返すことができなかった。
　どうしてもどこか頭の片隅で疑っている自分がいる。
　本当にあたしのことを好きなのだろうか、って。
　なんで素直に受けいれられないんだろって思うけど、それはたぶんあたしが恋愛初心者だからだ。
　すべてはあたしが恋愛オンチのせいなんだと思う。
　まだ瞼の裏にはアキと先輩が並んで座っている姿が焼きついてる。
　楽しそうに肩を揺らして笑いあっていた様子が頭から離れない。
　あたしって、こんなにも面倒なヤツだったんだ……。
「……てか、おれなんかの話よりツヤコの話を聞きたいんだけど」
　どきり。
　ポリポリと頭を掻き、アキはふたたび向きなおってあたしを見つめる。
　今まで見たアキの表情の中で一番、男の子だなって思える、あたしの心臓を鷲づかみにしちゃうような顔で。
　ああ、顔が近い。

少し冷静になってみると、あたしとアキの距離はとても近い。
　目と鼻の先に、アキの顔がある。
　だけど、お互い前みたいに避けたりはしない。
　ドキドキするし緊張するけど、嫌じゃない。
「おれはずっとツヤコが好きだった」
「嘘だ」
「嘘じゃない。じゃなきゃラブレターなんて交換しようとか言うわけないだろ」
　え、そうなの？
　そう思った言葉は思ったと同時に口を突いて出ていた。
　アキが信じらんねーって顔で驚いている。
　いやいや、あたしだって信じらんねーって感じなんだけど。
「あんな恥ずかしいこと、好きな子以外とするわけないだろ」
「いやいや、好きな人とでも恥ずかしいでしょ」
　その上すっごいめんどくさかったし。
「そう言うけどな、おれなんて勇気出して書いた最初の手紙を破られてるんだぞ。……あの時はさすがに心折れかけた」
「だっ、だって、あんな言葉、誰が本気だと思っ……」
　言いかけた口は、ゆっくり閉じてゆく。
　だって……アキの気持ちが、少しわかったから。
　……なんだ。そっか……。
　もしかして、もしかすると。

本当に同じかもしれない。
　あたしだってアキのことを好きだと気づいてから初めて出した手紙が、アレだった。
　アキの手の中にある紙ひこうきの残骸。
　そこに書いた"好き"のひと言、あたしもこの短い文字を書くのにすごく勇気がいったから。
　さっきまでの自分とあのひと言を書いた時のアキの気持ち。
　なんだかとてもよく似てる気がしてきて、心苦しくなってきた。
　——じゃあ、ホントに……？
「えっと……破いて、ごめんね？」
　いろいろ調べて、試行錯誤して、いくら言葉を紡いでみたところで……最終的に出てくる言葉はたったのひと言。
　初めてアキがあたしにくれた手紙は、シンプルで飾ることもできない……本心だったのかもしれない。
「いいよ、もう」
　そう言ってアキは笑った。
　あたしの好きなお日様みたいな笑顔で。
「手紙をさ、交換して書くことで……ツヤコがおれのことを好きになってくれればいいって思ってた」
　なにそれ。
　頬がにやけて仕方がない。
　やっぱり恋って病気だな、って思う。
「じゃああたしは、アキに洗脳されたのかもしれない」

そう言って、あたしも笑った。
　すると、アキは突然頭を掻きながら目を逸らした。
　えっ、どうしたの？
　っていうか……、耳まで赤いんですけど。
「あのさ」
　アキは一瞬言葉を飲みこんだ。
　けれど、すぐに思いなおしたのか、ふたたび口を開いた。
「ギュッて、して、いい？」
　どんどん顔が熱を帯びていくのがわかる。
　きっと今のあたし、アキ以上に顔赤いかも。
「……」
　そんなこと、聞かないでよ。
「……だめ？」
　胸の奥がムズムズする。
　背筋ももぞもぞしてきた。
　どどどどどーしたらいいの？
　パニック。
　頭の中がショートしたみたいに、なにも思いうかばない。
　そんな中、口を突いて出た言葉は……。
「……ちっ」
　安定の舌打ちだった。
「なんで、ここで舌打ちするんだよ」
「しっ知らない、してない」
「嘘つけ」
「これは、鼻歌だから。気分がいいって証拠だから！」

「ああそうかよ」
　自分でも無茶苦茶言ってるのがわかる。
　わかっているけど、なにか言わないと恥ずかしくて死んでしまいそうだった。
　なのに。
　突然――、アキの匂いがあたしを包みこんだ。
　――え。
　驚きと、硬直。
　気づけばあたしは、アキの胸の中に顔を埋めていた。
「あ、あれぇ？」
　なんで？
　なんでこうなったの？
　あの一連の流れで、どうしたらこうなっちゃったんだろう。
　あたしの気持ちを察したアキが、あたしを抱きしめたままこう言った。
「だっておれがギュッてするって言ったら、ツヤコは鼻歌歌ってしまうくらい気分がいいって思ったんだろ？」
　そう言って、アキは今日一番の笑顔を向けた。
「違った？」なんて言ってはにかみながら。
　いや、違うでしょ。
　そうじゃないでしょ。
　アキはホントに単純だよね。
　でも……。
　……アキがすごくあったかいから、もう少し抱きしめられててあげようかな。

これなら冬が寒くても嫌じゃなくなるかもしれないな。
　そんなことを思いながら、そっと手をアキの背中に回してみる。
　するとアキの背中がギュッて、硬直した。
　……ああ、やっぱ同じだ。
「ねぇ、アキ」
「ん？」
「……好きだよ」
「……うん、おれも」

　　　　　　　　　　　　　　　＊……happy end.

after story

＊終わりとはじまり

　ひんやりと空気の冷えた教室。
　廊下側の窓からすきま風が吹きぬけて、あたしはブルルと震えて身を縮める。
　冬はまだ明けない。
　まだまだ寒い。
　ああ、早く春にならないかなぁ。
　でもそしたら、ポカポカして眠くなってしまうんだろうな。
「ツヤコ、こら起きろ」
　ポコンと小さな音があたしの頭上で鳴る。
　トロンとまどろんだ瞼を開けるのはなかなか大変だから、片目だけを開けてそこにいる人物を見やった。
「アキ……。なんか用？」
　そこには、筒状に丸めたノートを握り、腕を組んで立ってるアキの姿があった。
「なんか用？　じゃないだろ。ちゃんと起きて授業聞かないとまた補習になるだろうが」
「んー…………」
　ポコン！
「あたっ」
　なんて、全然痛くはないんだけど。
「だから寝るなって」
　最近、昼寝しようとするとこうやって叩きおこされる。

「最近のアキってば、お父さんみたいだよね」
「なんでだよ」
「だって口うるさいじゃん」
 あきれた顔して、ふたたび丸めたノートで頭を叩かれそうになった……けど。
「ほっ！　真剣白刃取り」
 そう簡単に何度も叩かせるものか。
 ノートを剣に見立てて、両手で挟んだ。
 すると。
「甘い！」
 ノートを持たない空いている手で繰りだされたのは、チョップ。
「あたっ！」
 いや、これもたいして痛くないけど。
「とりあえずノートはちゃんと取るように」
 そう言いつつ、丸めたノートをあたしの机に置いた。
 なんだかんだ言いつつ、最初から貸してくれるつもりだったんだと思う。
 そんな優しさに、胸の奥では新雪を踏んだ時のような小気味いい音が聞こえた。
「おっ、なんだよ、一時はどうなるかと思ってたけど、仲なおりしたのかよ」
 ガサツな声がうしろから聞こえる。
 この声、このタイミング。
 振り返らなくてもわかる。

そして振り返らなくてもあたし達の正面にやってくる人物。
「なんだカンか」
「なんだ、勘太郎か」
「なんだよ。冷たい挨拶だな、ふたりとも」
　カンはアキの肩に肘をのせるが、すぐに振りはらわれた。
「まぁ、仲なおりしたんならいいけどな。それどころか付き合っちまったりしてな、ははっ！」
「……」
「……」
　あたしは思わずアキをチラっと見る。
　そしたらアキも同じくあたしをチラっと見た。
　どこか照れくさくってモジモジしてしまうあたしとは違い、アキはどこか気まずそうに苦い顔をしてる。
　そんなあたし達の反応を交互に見つめて、
「……え？　マ、マジ…………？」
　カンの表情が引きつった。
　今さっきまで下品な口を開いて笑ってたクセに。
「ああ、そうだよ。……おれ達、付き合ってる」
　どことなく気まずい空気を初めに割ったのは、アキ。
　あらたまって言われると、すごく恥ずかしいんだけど……、けどアキは赤面するどころか笑顔もなく、静かにそう言った。
「はっ、ははっ。なんだよおい、そーいうことはちゃんとおれに報告してくれよ！」

「いや、だからこうして言ってるじゃん」
　なに言ってんの？　そう思い、両手で頬を隠しながらあたしはそう言った。
「はぁ、まあそーだけど、ははっ……」
　さっきから、いったいなにがそんなにおかしいのか。
　なんかカンの様子が変だ。
　……いや、いつも変だけど。
　でもいつもとはまた違った、変な感じ……。
「なんつーか……娘が嫁ぐと知った時の父親の心境って、こんな感じなんだろうな」
「誰が誰の娘だって？」
「パパって呼んでもいいぞ」
「だまれ、他人」
「ひでぇ！　それマジで傷つくんだからな！　なぁアキからもなんとか言ってやってくれよ」
「他人が慣れ慣れしく人の名前を呼ぶなよな」
「お前もひでぇな‼」
　カンは顔を覆い、泣きマネをしながら
「幸せになれよ！」
　と、言葉を吐きすて、教室から出ていった。
　……なに、この茶番。
　そう思って含み笑いをするあたしには目もくれず、アキはなにか考えこんでいる様子。
「……アキ？　どうかした？」
「ん？　いや」

そう言いながらも、やっぱりなにか考えている。
「おれ、ちょっとカンに話があったんだ」
「話？」
　そんな思いつめた顔して、いったいどんな話があるんだろう……？
「ちょっと行ってくるわ」
「えっ、もうすぐ授業始まるけど」
「すぐ戻るよ」
　そう言ってアキはカンのあとを追って教室を出てった。
　……なんなの、いったい。
　あたしはそのまま机に伏せて、腑に落ちない気持ちのまま、眠りに落ちた……。

「んっ……」
　教室内がガタガタする雑音に目が覚め、机に突っぷしたまま腕を伸ばした。
　んー、よく寝た。
　少しだるい瞼を押しあげ、辺りを見わたす。
　夕日に焼けた教室。
　数人のクラスメイトが帰り支度をしている。
「やっと起きた」
　その声に引かれるように、あたしは顔を向ける。
　するとカバンを肩に下げたまま、隣の席に座っているアキがいた。
　もう隣の席のクラスメイトは帰ってしまったようだ。

アキは肘をつき、あたしをじっと見つめている。
　…………び、っくりした。
　思わずアキとは反対側の壁に向かって顔を逸らしてしまった。
「なんだよ」
　ちょっぴり不服そうな声がうしろから聞こえる。
「なにが？」
　よ、よだれとか、垂らしてなかったよね……？
　そう思って慌てて口もとを拭った。
　今までは前に座っていたから寝るときは顔を見られないように、ちゃんと腕でガードしていた。
　だけど、一番前の席になってから気を抜いてガードしていなかった。
「なんでそんな反応？」
「アキこそ、どうしてもっと早くに起こしてくれなかったのよ」
　普段は安眠妨害するくせに。
「いや、だって……寝顔見てたかったし」
　やめてー！
　アキの何気ないセリフに、あたしの顔は一気に発火する。
　耳まで熱い。
「ツヤユ？」
「そ、う、いうこと、言わないで」
　恥ずかしくて死ぬから。
　アキはなんでそんなこと、恥ずかしげもなく言えるんだ。

思わず顔を覆って机に伏せた。
「そう思うんなら、もう少し起きる努力するんだな」
「……っち」
「舌打ち、聞こえてるぞ」
　聞こえるように鳴らしたんだよ。
　指の隙間からチラリとアキを覗きみる。
　すると――。
「ねぇ」
「ん？」
「……なんでアキまで顔、赤いの？」
　夕日が手助けしてか、いつもより赤く見えた。
　すると、アキはフッと目を逸らして立ちあがった。
「赤いわけないだろ。ほら、帰るぞ」
　なんだそりゃ。
　赤いわけ、ありまくりなんだから。
　自分で言っておいて、照れてる……？
　そうと思うと無性にアキがかわいく見えてきた。
　クスクス笑うあたしを置いて自転車を取りにいくと言って、そそくさと先に教室を出ていった。
　アキが出ていったすぐあとにあたしも教室を出て、アキが来るのを校門の前で待つ。
　その時。
「ツーヤコ！」
　背後から現れたのは。
「まおみ！」

「艶子、よかったね」
　笑顔であたしの肩を叩く。
　そしてよかったね、の意味を知ってるあたしは、思わず口もとが緩んだ。
「うん、ありがと」
　一時はまおみもアキのことを好きじゃないかと思っていた。
　ううん、きっといいなってくらいは思っていたはず。
　だから少し気まずかった。
　けれどまおみもえりなも由美子も……みんなあたしのことを気にかけてくれてたから、グループメールで先に報告しておいた。
　みんなかわいいスタンプと、祝福の言葉をたくさんくれた。
　まおみも本当にうれしそうに祝福してくれた。
　ちょっと照れくさかったけど、うれしすぎて涙が出そうになったのはここだけの話。
「艶子にもとうとう春か……、わたしも頑張らないと！」
「おっ、彼氏作る気になったんだ」
「ううん、とりあえずバイト頑張るよ」
「いや、それはもう十分でしょ」
　まおみは、テスト期間もお構いなしにバイトを入れていた。
「なーんて嘘。うん、わたしも彼氏作ろーっと！」
「なにその気軽な感じ。バイト探してた時と同じノリじゃない」
「案外こういうノリのほうが長続きするんだって」

まぁ、まおみの場合はそうかもね。
　そう言おうとした瞬間、まおみは慌てた様子で門をくぐる。
「じゃあ私そろそろ行くね。お邪魔しました」
「なにそれ、どーいう……」
「お待たせ」
　まおみが立ちさると同時に、アキがあたしのうしろから現れた。
「あれ？　さっきまで友達といたよな？」
「うん、でもアキが来たから帰っちゃった」
「ふーん」
　なんで？　って顔でアキが辺りを見わたしている。
　だけど、まおみはすでに門を出て見えなくなっていた。
　きっとまおみなりに気を遣ってくれたんだと思う。
「じゃ、おれらも帰るか」
　そう言ってサドルに座り、うしろをポンポン叩く。
「う、うん」
　当たり前に案内される自転車の荷台。
「あのさ、あたし……重いよ？」
「はははっ」
　人が真剣に言ってるうのに、アキはお腹をよじらせて笑ってる。
　なんて失礼な。
「ちっ」
「ごめんごめん……ははっ」
　謝るか笑うかどっちかにしてよ。

いや、笑うな。
　……けど、やっぱりこうやって笑っている時のアキの顔、すごく好きだなって思う。
「ごめんって」
「……」
「怒るなよ」
「ちっ」
「いやいや、だってさ。おれ、前にツヤコ乗っけたことあるんだぞ？　それなのにいまさらなんでそんなこと言うんだよ」
　だって……。
「冬休み中に、太ったんだもん……」
　お鍋（なべ）やお雑煮（ぞうに）やおせちが、とてもおいしくってね。
「いやいや、全然変わってないから。だからほら、早く乗った乗った」
　泣きぼくろが愉快そうに揺れている。
　なんかバカにされているみたいだけど、女子にとっては重大なことなんだぞ。
　そう思いながら、荷台に座った。
　そして、どこを掴もうか悩んでると、
「ちゃんと掴まれよ」
　そう言って、ギュッと手を握り、アキの腰を回ってブレザーの第2ボタン辺りであたしの両手は重なった。
　やっぱりこれだけは何度やっても緊張する。
　けど、前より少しだけ余裕を感じるのは、きっとあたし

達の関係が以前とは違うからだと思う。
　すごくドキドキする。
　だけど、それが心地いい。
　そう思ってあたしは……思いきってギュッと腕に力を込めた。
　背中に額をくっつけて。
　こうすれば顔が赤くたってアキからは見えないし。
　見えないってわかれば、いつもより大胆(だいたん)になれる。
　そう思って……。
　……？
　…………ん？　あれ？
　自転車はなかなか動きださない。
　なんで……？
　そう思ってアキの顔を覗きこもうとした時、前から弱々しい声が聞こえてきた。
「ツヤコ……それ、やばい」
「……え？」
「ちょっと腕、緩めてくれる？」
「あっ、ごめ」
　苦しかったのか。
　ちょっと強く締めすぎてしまった……。
　そう思って少し腕を緩めて、前を覗きこんだ。
「これで大丈……」
　……ん？
「ねぇ、アキ……」

「なんだよ」
　ぶっきらぼうな返事。
　なんだよって……。
「顔まっ赤ですけど……なんでですかね？」
　アキは握っていたハンドルから片手を離し、腕で顔を隠した。
　と、同時にあたしが覗きこんだ方向とは反対の方角に顔を背けて。
　なんで？　なんで赤面してるの？
「うしろからそんなふうに抱きつかれたら……男なら誰だってこうなるって」
「えっ、ご、ごめん！」
　思わず両手を離す。
　えっ？　でも、腕を掴んできたのはそっちでしょ？
　……ギュッと抱きついちゃったから……？
　よくわかんないけど、まさかそんな反応されるとは思ってなかった。
　なんか……、こっちまで照れるじゃん。
　でも……男なら誰だって？
「……それってさ、こうやってうしろから抱きつかれるんだったら誰でもいいってこと……？」
「はぁ!?」
　まだ顔赤いけど、驚きのほうが勝ったのだろう。
　アキが勢いよく振り返った。
「なんでそーなる」

「だって、前はそんなんじゃなかったじゃん。これ、二度目だよね」
「あの時はツヤコが落ちそうになってたから、焦ったんだろ」
　そうなの？
　じゃあ、動揺してたんだ？
　あたしと同じで？
「とにかく、ちゃんと掴まってくれていいけど……。ってかちゃんと掴まっててもらわないと困るけど……。その、あんまりギュッとするのはなしな」
「自分だってしたくせに」
「するのはいいんだ！　けど、されるのは……」
「されるのは……？」
　やけに溜めてから、ボソリと呟いた。
「……タガが外れそうになる」
　それって……。
　…………。
　今度はあたしのほうが赤面する番だった。
　赤面した顔を隠そうとして、思わず背中に顔を押しつけてしまった。
「なぁ、おれの話、聞いてた？」
「わぁ！　ごめん！」
「いや、謝らなくてもいいけど……」
　そう言ってアキはきょろきょろと辺りを見わたした。
　周りを念入りに確認してから、ふたたびあたしを呼んだ。

「ツヤコ」
「な、なに」
「……キス、していい？」
　……はっ。
　はぁぁぁ!?
「だめ？」
　なんて小さく首を傾げて、あたしの顔を覗きこんでくる。
　そんなアキの瞳はとろけるように熱を帯びていた。
　……お願いだから。
　お願いだから……そういうことは聞かないで。
　どーしよ。どーしたらいいの!?
　どう答えるのが正解？
　いいよ、だなんて言えない！
　恥ずかしげもなくそんなこと、言えない！
　ってかここ学校だし、いいわけない。
　しかも校門だし。
　正門は反対方向だから人気は少ないし、もうほとんどの生徒は帰ってると思う。
　けど、けど……！
「ちっ」
　思わずこぼれた舌打ち。
　気づいたら舌打ちをこぼしていた。
　もうこれはクセだ。
　イラ立った時や困った時にしてしまうクセ。
　さすがにこのクセをそろそろ本気で直さなきゃダメか

も……。
　そんなことを考えていたせいか、あたしは気づいてなかった。
　それが合図になったってことに——。
　アキはあたしの顔に近づいて……唇を重ねた。
　チュッ。
　なんてかわいらしくも艶(なま)めかしい音を奏でて……。
　しばらく意識が飛んでいたのかもしれない。
　ぼう然として、身動きがとれなかったから。
　だけど、アキがあたしの腕を引っぱって自分の腰に腕を回させて、「行くぞ」って言った声が耳に届いた時、ようやく時間が動きだした。
　ギギッという音を立てて、自転車は滑るように走りだす。
　……ちょ、ちょっと。
　ちょっと待って。ねぇ……今、なにが起きた……？
「ア、アキ……」
「うん」
「なんで……？」
「嫌だった？」
　自転車はゆっくりと止まった。
　少し不安そうな目でアキは振りむく。
　……そうじゃなくって。
　ふたたび頬に熱を感じる。
　きっとアキからも見て取れたはず。
　そのせいなのかなんなのか……アキはお日様みたいに微

笑んだ。
「だってツヤコ、鼻歌歌ってたから」
　いっ……。
　……いや、いや。
　あたしが言うのもなんだけど、どう考えても違うでしょ。
　あれは……うん。
　アキはふたたび前を向き、自転車をこぎはじめた。
　本物の鼻歌なんか歌いながら。
　……うん、うん。
　今の現状を自分の中で落としこもうとアキの背中に顔を埋めた。
「なぁ、それって……おねだり？」
　ちっ、違うし！
　両手がふさがってるんだから、仕方ないでしょ。
「調子に乗るな！」
「はいはい」
　かすかに笑った声が聞こえる。
　それをごまかすみたいに、ふたたびアキは口笛を吹きはじめた。
　赤面症のくせに。
　それでもやっぱり、あたしよりどこか余裕のある感じがムカつく。
　あたしは静かに冬の匂いとアキの香りを感じながら、胸の奥で疼く音を抑えつつ、心地よい揺れに身を任せた。
　だけど、……うん。恋ってやっぱ、楽しいかも。

*想い、想われ

　新しい景色。
　新しい学び舎。
　新しい顔ぶれ。
　おれはこの春、高校生になった。
　仲のよかった同中のヤツらとはクラスが離れたけど、まぁいい。
　今日から新しい生活が始まるのだから、それもいいかとおれは思う。
「よぅ！　お前どこ中出身？」
　そう言って唐突に話しかけてきたのは、おれの斜めうしろの席に座っているヤツ。
　一瞬誰に話しかけているんだかわからなかったが、たぶんおれに向けた言葉だろう。
　辺りを見わたしてみると、近くの席に座っているヤツはおれのほかに誰もいなかった。
　おれは顔だけ振りむいて、声をかけてきた男の顔を見やる。
　ニシシと歯を見せながら屈託なく笑うコイツは、かなりの人なつっこさが全身から溢れている。
「おれ、草野勘太郎っていうんだ。よろしくな！」
　まだ、なにひとつコイツの問いに答えてないおれに向かって、手を差しだしてきた。
　出された手を握り返してみたけれど、その時おれの直感

が働いた。
　——ああ、コイツたぶん、バカだな。
　そう思うのはコイツからにじみでてる雰囲気だったり、屈託なく笑う表情だったり……。
　とにかくコイツの持つなにかが、おれをそう思わせた。
　初対面でそんなふうに思うこと自体、恥ずべきことだとわかっていたけれど、あの時の直感はまちがいじゃなかったんだなとすぐに知ることになった。

「よっす、アキ」
　朝からさんさんと輝くような笑顔でおれの首に腕を回してくる男。
「よぉ」
　首に巻きついた腕を払い、おれは自分の席に着いた。
　たいした荷物も入っていないカバンを机のフックに掛け、当たり前のようにおれの前の席に座る勘太郎に目もくれず、おれはぼーっと教室を見わたした。
「なぁ、アキ。お前、本当にサッカー部辞めるのかよ」
　やっぱりな。
　その話、くると思った。
「ああ、辞める。もう顧問にも言ったしな」
「なんでだよ。なにが不満なんだよ？」
「不満とかじゃなく、なんとなくやってみようと思って、なんとなく満足したからもういいかって思ったんだ」
「満足だぁ!?　部活入ってまだ４ヶ月くらいだろーが！」

「物ごとを知るには十分な期間だろ」
　……なんてな。
　本当はマネージャーが元カノの姉だから辞めるんだけど。
　それがなければ続ける気でいたし。
　だからって、コイツにそんな理由を言う気もない。
　ていうか、そんなことは口が裂けても言えない。
　万が一口を滑らせた日には、勘太郎のことだ……、部内どころかクラス中に言いふらすに決まっている。
　勘太郎は絶対口から生まれてきた人間だろ。
　その上この性格だから、交友関係も顔も広い。
　だから絶対、コイツにだけは言うわけにはいかないし、知られるわけにもいかない。
「おっ！　おっす、ツヤコ」
　今さっきまでおれに詰めよっていたクセに颯爽と立ちあがり、俺とは４列も離れた先に座る彼女の元へと向かった。
「おい、ツヤコ、無視すんなよ」
　無視されても食いつく勘太郎の鋼（はがね）のメンタルだけは本当すげーと思う。
　おれにはマネできない。
　勘太郎の背中を見つめながら、その先に座る彼女を見やる。
　秋月艶子。
　それが彼女の名前。
　いつも眠そうにしていて、どこか気だるそうな雰囲気を醸しだしているクラスメイト。
　勘太郎とは同中出身で、あいつと付き合ってるんじゃな

いかと疑念を抱いている女子でもあり、このクラスになってまだ一度もまともに会話したことがない唯一の女子でもある。

男女ともに分けへだてなく交友関係は広そうだけど、教室では隙あれば机に伏せて寝ている。

それはまるで、周りから一線を引こうとしているみたいに見えた。

おれとは席も離れているし、なにより共通の話がない。

だから話しかけることもないまま、今に至っているんだが……。

いや、共通の話はないけど、共通の友人ならいる。

それが勘太郎だった。

けど、秋月さんはいつも面倒くさそうに勘太郎をあしらっているし、今だってそうだ。

なにを話しているのかよく聞こえないけど、秋月さんはわざとらしく勘太郎の足を踏みつけてる。

勘太郎のヤツ、すげーうれしそうだなぁ。

あいつ、マゾだな。

なんかわかんねーけど、見てたら無性に腹が立ってきた。

秋月さんは、一見勘太郎をあしらっているように見えるけど、やっぱおれから見れば仲いいなって思う。

ふたりは付き合ってんだろうな、やっぱ……。

「ん？　おれとツヤコ？　付き合ってねーぞ」

あっけらかんと言うコイツのセリフに、おれは思わず固

まった。
「えっ、マジで？　おれ、てっきり付き合ってると思ってたぞ？　アキもそう思ってたよなぁ？」
「あ、ああ……」
　付き合ってない？　マジで？　どう見ても仲よくじゃれあってるように見えるぞ？
「ははっ、中学の時からよく言われんだよなぁ。でも、付き合ってないぞ？　なんならツヤコに聞いてみろよ、絶対同じこと言うから」
「ああ、秋月さんもそう言ってた」
　すでにリサーチ済みだという同じサッカー部の友人の素早さに驚きつつ、勘太郎へと視線を移した。
「なんだよお前、すでにツヤコから聞いてんじゃんかよ」
　そう言ってふたたび笑う勘太郎。
　……なんだ、そうだったのか。
　おれはホッと小さく息を吐きだし、秋月さんの席を見やる。
　そこには腕の中に顔を埋めて眠る彼女の姿があった。
　同じ教室内にいるというのに、彼女の周りだけどこか違って見える。
　あそこの空間だけ森林の中にでもあるかのように、美しく澄んだ空気が流れている、ってそんな感じがする。
　だからだろうか……、同じクラスメイトだというのにどこか遠くに感じるのは。
「ってか、アキ〜」
　勘太郎が首に腕を回してきたとき、俺の意識がこの場か

ら離れていたことに気がついた。
　そして、暑苦しいコイツを見あげる。
　……勘太郎のヤツ、また背伸びやがったな？
　そのことに小さなイラ立ちを感じながら、勘太郎の腕をあしらった。
「なんだよ」
「おれも聞きたいことがあるんだけどよ」
「だからなんだよ」
　ニヤリとほくそ笑むコイツの笑顔は、胡散臭いにおいがして嫌悪感を覚えた。
　と同時に、もうひとりの友人までもが同じような粘着気質な笑みをしてやがる。
　コイツらがこういう顔をする時は、けっしていいことではない……とおれの直感が言っている。
　……逃げるか？
　そう思った時だった。
「雪村先輩と付き合ってんのか？」
　──は？
　その言葉の衝撃が、おれの口を閉ざした。
　……なんでそんな話が飛びだすんだ？
　驚きが強すぎて、おれはただただ目を見ひらくばかり。
　警戒していなかった角度から突然なぐられたような、そんな衝撃がおれの脳内を駆けめぐって……、そのせいで否定するタイミングを逃してしまった。
「うわっ、マジかよ！」

返答しないおれを見て、こいつらはそれを肯定ととらえたようだ。
　友人の放った言葉が引き金となり、金縛りにあっていたおれの体は解きはなたれた。
「ばっ、ちげーよ!」
　慌てて否定してみるも、時すでに遅し……。
「美人マネをつかまえるとか、やるじゃねーか!」
「いやー、おれも怪しいと思ってたんだよなぁ。よくふたりで密会してるし、部活後もよく一緒に帰ってるだろ?」
「ちげーって!　一緒に帰ってたのは家の方向が一緒だからだろーが……。ってか密会ってなんだよ!」
「……密会、してたよなぁ?」
　そう言ってちらりとカンを見やり、その視線を受けてカンはニヤリとほくそ笑む。
「ああ、してたな。おれ達に見つからないようコソコソしてた。……あれは絶対ふたりで、イチャついてたに違いねぇ」
「だな。まちがいなく、ふたりはイチャついてた!」
　友人は腕を組みながら"うんうん"と幾度も頷いた。
「ふざけんな!　ただ話してたってだけだろーが!」
「そんな赤い顔して言われてもなぁ〜?」
「なぁ〜?」
　やめろやめろやめろ!
　こいつら、おれをおもちゃにしようとしやがるな!?
　息ピッタリじゃねーかよ。

おれはちらりと教室内を見わたした。
　と同時に、秋月さんの姿を探す。
　……どうやら彼女はいつもどおり寝ているようだ。
　なんとなくほっとしたけど、まだ話は終わってない。とにかくこのバカどもの誤解を解いておかなければ。
「付き合ってないって言ってんだろ！　お前ら、サッカー部の先輩らにシメられても知らねーぞ！」
　おれの言葉に、腹を抱えて笑っていたふたりの動きがピタリと止まる。
　さすがは美人の雪村先輩。
　こんなふざけた話が２、３年の先輩方の耳に入れば、まちがいなく勘太郎達はシメられるだろう。
　それだけ雪村先輩の支持率は高い。
「なんだよ、本当に付き合ってねーのかよ」
「さっきからそう言ってるだろ」
「じゃあ、あの密会はなんだよ」
「密会じゃない。ただの雑談だろ」
「それにしてはふたりきりで話すこと多くね？　しかも親密そうに。アキとは部活以外でもふたりでいるのよく見かけるし、先輩と話してる時のアキの顔、まっ赤だからな？」
　ふたたびにやりといやらしくも不快な笑みを向けてくるふたり。
　だからその顔、やめろって。
「赤くねーよ」
「勘太郎さん、アキさんってばこんなこと言ってますぜ？」

「あらやだ！　自分の顔は自分じゃ見えませんからねー。真実はいつも顔が語っておいでですのにねー？」
　なんだよ、そのノリ。
　コイツら、心底楽しんでやがるな？
「まぁ、先輩は美人だけどな。けど、おれと先輩が付き合うとかありえねーだろ」
　うん、それだけは絶対にありえない。
　そして先輩もまちがいなくおれと付き合うことだけはありえないと思う。
　おれは、先輩が溺愛してる妹の元カレだからな……。
　そう思いつつ、元カノと先輩との関係は伏せたまま否定する。
　べつに言ってもいいけど、でもやっぱり…………、勘太郎には知られたくない。
　もしコイツに知られたら……。
　気がつけば、おれの視線は教室内へと向く。
　教室のおれの席から4列離れた場所で眠る、彼女の元へと。
　なんとなくだけど、こういう話は知られたくないって思った。
　……まぁ、知られるほど秋月さんは、おれに興味を持ってないだろうけど。
　けど、勘太郎からもしかしたら耳に入るかもって思うと、やっぱちょっと嫌だ。
　そんなふうに思いつつ、無意識に向けた視線を戻した瞬間、おれの前に立ちはだかるサッカー部ふたり組が反撃を

開始する。
「なーるほど」
「なーるほど」
「……なにがだよ」
　まだなんかあるのかよ。
「つまりあれだ。アキは……先輩に片想い中ってわけだ」
「だな」
　……はぁ？
　開いた口が塞がらないとはまさにこのことだ。
　いったいどこをどう解釈すればそんな話になるんだ。
　こいつらの思考回路はおれをからかうことしかないのか？
　……いや、ないんだろうな。
「なんで、そーなんだよ」
「勘太郎はん勘太郎はん、文章さんがサッカー部に入った理由とやらは知ってはりますのん？」
「なんですのなんですの。そないなこと、聞くのは初耳どすえ」
　なんで京都弁なんだよ。
　口もとを隠しながらふたりは聞こえよがしにおれをちらちら見やる。
　まったくもって不快な光景だ。
「文章さんってばサッカー部に入ればおモテになると思ってはるみたいやわぁ」
「まぁ！　なんて短絡的で単細胞なおつむしてはるんでしょうねぇ。こわいどすなぁ」

単細胞なおつむしてんのはお前らだろうが。
　目の前で繰りひろげられる茶番にいい加減面倒くさくなってきたおれは、冷ややかな視線をふたりに向けた。
　なにを言っても話がねじまげていくのであれば、もういい。
　これ以上ムダな労力は使わないでおこう。
　そう思って……。
「いっ!!」
　無言で一番近くにいた勘太郎に蹴りを入れ、おれは教室を出ていった。

「席替えするぞー」
　３ヶ月に一度の席替え。
　おれはこの瞬間が一番楽しみで仕方がない。
　なにせ、引いたくじがおれの３ヶ月の運命を握っている。
　すべては運任せ。それがなによりワクワクする。
　教卓にはくじが入った箱が置かれ、ひとりずつそれを引いていく。
　黒板には席の番号が振られ、くじを照らしあわせながら、自分の席を確かめる。
　まずはポジション。
　教室のどの位置に座ることになるのか。
　前なのかうしろなのか、教室のまん中なのか、窓際なのか。
　学校へ来て一番長い時間を過ごすこの教室で、席で、授

業を受ける態度だって変わってくる重要な席決めだ。
　そして次に大切なのは、周りの環境。
　誰が隣か、誰がうしろか。仲のいいヤツが多いのか、真面目そうなヤツが多いのか。
　そして……。
「アキ、どこの席だったよ？」
「おれは……、うしろから、２番目」
「マジかよ！　いいなぁ！」
　クラスメイトの声も耳には入ってこない。
　おれの視線はただ一点のみを映していた。
　新しく座る席……それだけを。
　おれの席は窓際、うしろから２番目の席。
　それだけでも十分なポジションだ。上々だ。
　だけど、それよりもっとラッキーなのは……おれのうしろの席に、彼女がいるということ。
　ゆっくりと新しい席へと向かう。
　窓は開けはなたれ、さんさんと輝く太陽が眩しくてほんのり瞼を下ろす。
　うっすらと開けた瞳の中に飛びこんでくるのは太陽の光に髪をきらきらと輝かせながら眠るクラスメイト。
　窓から吹きこんだ風にセミロングの髪は踊り、それでもなお顔を伏せて眠っている。
　──そこだけ、流れる空気が違う気がした。
　そこの空間だけ、教室であって教室ではない感じがした。
　いつまでも見つめていたい衝動に駆られたが、そんなふ

うに思うキモい自分を叱咤し、席に座った。
「今日からよろしく」
　あ、ちょっと声がかすれた。
　すっげ、だっせぇ。
　そう思って心の中で苦笑いをこぼした時、彼女はむくりと顔をあげた。
　とてもかったるそうに。ほんのり眉根を寄せながら。
　本来ならこう思うのは変だと思う。
　それでも、そんな秋月さんの様子さえも色っぽく見えた。
　ダークブラウンの瞳がまっすぐおれを見つめる。
　やばい。
　いつもなら目が合うこともあまりないが、こんな至近距離で見つめることはもっとないわけで。
　おれはたぶん、今すごく、顔がニヤついてると思う。
　わかっていても、緩んだ頬は引きしまりそうにないけど……。
　けど、それも仕方のないことだと思う。
　だっておれはずっと、秋月さんが気になっていたから。
　このクラスになってからまともに会話したことがないクラスメイト。
　そんなクラスメイトに興味を持ったのは、いつからだろう。
　話すきっかけがつかめなかった。
　話しかければ普通に応えてくれることもわかっていた。
　でもおれは、積極的に話しかけることはせず、ただ傍観していた。

不思議だった。
　人当たりがいいのに、誰かれ構わず接するのに、なのに自分の殻に閉じこもっているように見える秋月さん。
　おれの中のなにかが、ずっと秋月さんに興味を示していた。
　それなのに、おれの中のべつのなにかが彼女に近づくことをためらわせ、おれを傍観者とさせる。

　そうやって気がつけば、半年もの時が過ぎていた。
「前、瀬戸くんなんだ」
「みたい」
　眠そうな声。
　安眠妨害したにもかかわらず、不快には思ってなさそうだ。
　彼女の声がおれの名を呼んだ瞬間……、なんだろう、ドキッとした。
　きっと、聞きなれない声で、慣れない相手から言われたからなんだろうな。
　それとも、言われた相手が秋月さんだから、とか……？
「そっか、よろしく〜」
　そう言ってまじまじとおれを見やる。
　見つめるとかではなく、物色されているみたいだ。
　きっと秋月さんもおれと同じような感覚なんだろう。
　普段話したことのないクラスメイトと会話するということを、かなりめずらしいと思っているに違いない。
「おっ、ツヤコ。なんだよ、一番うしろの席とかいいなぁ」
　そう言ってやってきたのは勘太郎。

うれしそうににやにやしやがって。
「ふっふっふ。日頃の行いってやつでしょー。そういうカンはどこの席よ？」
「おれ？　おれは…………教卓のまん前」
「へぇー。よかったね、昼寝するにはもってこいじゃん」
「てめ、このっ、バカにしてるだろ！」
「当たり前でしょ」
「しばくっ！」
　おれの存在なんか視界に入ってないかのように、ふたりは楽しそうに会話を繰りひろげていく。
　勘太郎が秋月さんの首を締めあげているけど、それって一歩まちがえば抱きついてるように……見えなくもない。
　いや、そう見てるおれの頭がおかしいのかもしれないけど。
　苦しそうに勘太郎の腕をタップする秋月さん。
　解放された瞬間を狙って、彼女は勘太郎の足を思いっきり踏みつけた。
「いっ！」
「痛くない痛くない。男の子でしょ？」
「ツーヤーコー！」
　ふたたび勘太郎の猛威(もうい)が秋月さんを襲う。
　そんな時、一瞬だけおれは彼女と目が合った。
　まるでおれのことなんてすっかり忘れてたって顔だった。
　ああ……なんだ。やっぱり、な。
「ふたりって、ホント仲いいよな」
　なんだかんだ言っても……ふたりは、好きな者同士、な

んだな。
　さっきまで上昇していた熱が、急速に下がっていくのを感じる。
　知らず知らずのうちにうっすらかいていた汗が冷えていく。
　冷えた汗がさらにおれの熱を奪って、頭も冷静にしてくれる。
「おっ、アキじゃん！　なんだよお前、そこの席なのかよ。いいなぁー」
　なんだよ、さっきからいただろうが。
　今頃気づくとか、どんだけおれのこと見えてなかったんだよ。
「アキ？」
　首を傾げながらおれのあだ名を呼んだ。
　コロンと瞳を丸くさせながら、その目には純粋な疑問が宿っていた。
　一瞬。一瞬だけ、アキって呼ばれたことに心臓はぴくんと反応を示したけど、さっき"瀬戸くん"と呼ばれた時のような喜びは感じなかった。
　彼女の疑問に応えようと思っているのに、口はセメントで固められたように開こうとしない。
　そんなおれに代わって秋月さんの言葉を受けとったのは、勘太郎だった。
「瀬戸文章。フミアキだからアキ、な！」
　せっかく新しい席になったというのに気持ちがどんどん

沈んでく。
　でもこれは予想していたことでもあるわけで。
　だからこそ落ちこむのは筋違いというか、バカバカしい。
　勘太郎を席へと追い返した後、すっと短く息を吸いこんで、おれは自分自身にとどめを刺そうと思い、聞いた。
「そういや秋月さんって、勘太郎と付き合ってるの？」
　まどろんだ瞳はかったるそうに外を見つめていた。
　けど、おれのひと言で頬杖ついていた顔が、がくんと落っこちた。
「なんでそんな発想になるの？」
「だって、ふたりは仲いいじゃん」
「そりゃ友達だし。でもそれとこれとはべつでしょ」
「そうなんだ？　付き合ってるんだとばかり思ってた」
　いや、付き合ってるは飛躍しすぎか。
　でも本当にこっそり付き合ってたとしても、おれはああそうなんだって納得すると思う。
　それくらいふたりは親密な仲に見えたから。
「……そういう瀬戸くんこそどうなのよ」
「どうって？」
「彼女」
　…………は。
　なんで？
　話をはぐらかそうとしているんだろうか。
　だからおれに話題をふったのかもしれないし、まぁおれも勘太郎との恋仲を聞いてるのだから、切り返されたとし

ても驚くことじゃない……。
　けど、おれの頭の中に浮かんだのは——疑問。
　まさか、勘太郎から雪村先輩との噂話を聞いていると
か……？
　……いやいや、聞いていたとしても今となってはどうで
もいいか。
　たぶんだけど、秋月さんと勘太郎は両想いだ。
　たとえ今は付き合ってなくても。
　どちらかが素直になれば、きっと……。
　そんな考えをめぐらせ、おれはひとりダメージを受けて
いた。
　それならもう、先輩との仲を勘ちがいされててもどうで
もいい。
　そもそも秋月さんがおれに興味あるとも思えないし。
　……そう思うのに。
「……いや、いない」
　彼女には誤解されたくないって思った。
　おれは、このクラスになってからずっと、秋月さんが好
きだったんだと思う。
　いや、"思う" っていう言い方は逃げだ。
　けど今はそんなふうに認めることだけで精いっぱいだっ
た。
　おれはこの半年間、彼女が眠そうに、かったるそうにし
ている姿が気になって仕方なかったんだ。
　気がつけばいつも秋月さんを目で追っていた。

ほとんど会話したことのない、お互いのことをなにも知らないクラスメイトだというのに。
　いつもは遠目に見ているだけだった。
　だけど本当は、ずっと、近づいてみたい、もっと知りたい……って、そう思っていたんだ。
　近づいて、やっと気になっていた理由がわかった。
　わかったからって、どうすることもできないけど……。
「なんだ、そっかぁ〜。もう高校生なんだし、お互い青春を謳歌しないとねー」
　そう言って秋月さんはあくびを噛みころしながら、机に伏せた。
　…………ん？
　あれ？
　両腕を組んでその中に顔を埋める。
　ほんのり焦げ茶色の髪がうまい具合に彼女の顔を覆って、ガードを固めている。
　その様子をおれはいろんな角度から覗きこもうとするが、うまくいかない。
　挙げ句の果てに、小さな体は一定のリズムで緩やかに呼吸を始めた。
　待て。待て待て。
　やけにあっさり引くんだな？
　それだけおれには興味がないからなのか？
　いや、それはありえる。
　興味がないから、半年もの間会話がなかったんだろうし。

だけど、どうしても淡い期待をしてしまうおれがいる。
　勘太郎からはなにも聞いてないという可能性に、おれは賭けたい。
「なぁなぁ」
　眠りに落ちた彼女に声をかけてみる。
　いつも寝ているイメージのある秋月さん。
　起こされて気分を害したりしないだろうか。
　そう思いながら、彼女が起きあがるのをじっと待つ。
「んー？」
　顔は上げないで、こもった声だけが返ってきた。
　寝る体勢は崩さないつもりらしい。
　でもそれでいい。むしろ好都合だ。
「背の低い男子って、どう思う？」
　ドキドキしながら、彼女の髪で覆われた向こう側にある顔を、覗きこむようにして見つめる。
　表情が見えるわけじゃない。
　けど、どんな反応をするだろうか……その反応を見たいような、見たくないような……。
　そう思いながら見つめていた。
　ただ返答を待つしかできないおれにとって、その数秒は数十分にも感じられた。
　すると──。
「……はい？」
　眠っていた彼女はむくりと顔を上げ、眉根をほんのり寄せている。

頭の上には小さなクエスチョンマーク。
　なに言ってんの？　って心の声が彼女の頭上に浮かびあがって見えた。
　その表情がさらにおれを焦りの境地へ誘う。
「女子ってやたら男の身長気にするだろ……？」
　まじまじと見つめられると、さすがになんか気まずいし、言いづらい。
　慌てた時、人間なにを口走るかわからないもので……おれはひたすら口を動かし、浮かびあがった言葉をそのままなにも考えず、放った。
「……っておれの周りの男子はそう言って気にしてるヤツ多くてさっ」
　しまった。
　これは完全に嘘くさい。
　秋月さんの瞳が線を引くように細くなり、嘘くさいって言っている。
　たぶん、今のおれ、すげーわかりやすいよな。
　むしろ、おれはごまかすのがヘタすぎだろ。
　一瞬気まずい空気が流れたあと、沈黙を破ったのはこのひと言だった。
「あー、どうだろ？　人によるんじゃない？」
　言いながらも苦笑いに似た笑顔を口もとに乗せている。
「そっ、そっか……」
　それは、相づちを打つと同時だった。
「そうそう。人によると思うよ。だから瀬戸くんも大丈夫

だよ」
　言った後、しばらくしてからしまったという顔をしたクセに、秋月さんはさらに言葉を繋げていく。
「……まぁ、さ。あたしはいいと思うよ、うん！」
　それ、フォローのつもりか……？
　あきらかに自分で自分の首、絞めてるよな。
　ワタワタしながら、気まずそうにちらりとおれを見やる。
　だけどその視線はすぐについっと、べつの方向へと向けられる。
　ほかの人が焦った様子を見てると、自然と自分は落ちつくものだ。
　さっきまで焦ってたのはおれなのに、今では秋月さんが焦っている。
　きっとおれもさっきはこんな感じだったんだろうな。
「……ふっ」
　そう思うと、自然に笑みがこぼれた。
「なかなか言ってくれんじゃん」
「ごっ、ごめん……」
　小さな肩が縮こまり、頭が自然と下がりだす。
　秋月さんとこんな至近距離で、こんなにたくさんの会話できるとは思ってもいなかったから、どんな仕草をする秋月さんを見ても喜びにしか感じない。
　どんどん溢れだす笑み。
　それを抑えるのはなかなか大変だと思った。
　そう思いつつ、今日から始まる３ヶ月間のことを想像し、

おれの胸は満たされていった——。

　それから毎日、おれは学校へ来るのが楽しみになった。
　むしろ土日なんていらねーって思えるほど毎日が楽しくて仕方なかった。
　少しずつだけど、毎日の会話の中でおれは彼女との距離を徐々に詰めていく努力をした。
　まずは名前。
　勘太郎に乗っかる形で、秋月さんのことをツヤコって呼んでみようと思った。
　けどそれは、なかなかうまくいかなかった。
　自然な流れで呼ぼうとするが、いざとなると構えてしまうため、自分でも驚くほど不自然だった。
「なぁなぁ、ツ——」
「んー？」
「…………」
「………… ？」
「……ツ、ぎの授業って、なんだっけ？」
「それ、今まで寝てたあたしに聞く？」
　あくびしながら秋月さんは机に突っぷした。
「なあ、ツ、ツヤ……」
「んー？」
「ツ…………艶ないよな、この教室……」
「はぁ？」
　さすがの秋月さんも訝しげな表情で顔を上げた。

なにが言いたいんだ？　とでも言いたげな顔だ。
　言葉は空中分解して、うまくいかない。
　たかが名前、言うのなんて簡単なはずなのにうまく言えないのはなぜだろうか。
　ヘタレか、おれは。
　そう思って机に頭をこすりつけた。
「瀬戸くん、瀬戸くん」
　なんて、本当はわかってるんだけどな。
　おれはどこかで勘太郎に遠慮してるんだと思う。
　あいつはずっと否定してるけど、たぶん秋月さんのことが好きなんだと思う。
　アホだけど、あいつはいいヤツだから。
　だから、おれはなかなか踏みだせないでいる。
「瀬戸くん？」
　現状、ふたりは付き合っていない。
　けど、勘太郎は秋月さんのことを絶対好きだと思う。
　それを問いただしたところで、勘太郎は秋月さんに対する気持ちを隠そうとするに決まっている。
　なんとなくだけどあいつの性格上、そんな気がする。
「ねーねー、瀬戸くんってばー」
　それならおれが秋月さんを狙っても問題はないよな。
　なにも問題はない。
　けど、あとはおれがどうしたいか……。
　勘太郎がどうこうするつもりがあるのなら、おれはやっぱり傍観者に成りさがるほうがいいんだろうな。

「なぁ、あきづ——」
　振り返った瞬間、おれの視界に影が落ちる。
「あっ、秋月!?」
　片手を机について、ぐっと身を乗りだしている。
　けどそのもう片方の手は堅く握り拳を作り、おれの頭上に掲げられてた。
　あきらかにその拳、振りおろす直前だったに違いない。
「なんて物騒な顔で拳振りあげてんだ！」
「いや、だって。何度呼んでも反応しない瀬戸が悪いんじゃん？」
　あたし根気よく待ってたんだよ？　なんて無垢な表情で微笑んでいる。
　そんな反応が余計こわい。
「だからって拳握んなよ！」
「いやいや、ついでに肩でも叩いてあげようかなっていう優しさ？」
「疑問抱いてる時点で違うだろ」
　秋月が振りあげている拳の位置、あきらかに頭上だしな。
　勘太郎とのやり取りを見ていて思ってたけど、秋月って結構暴力的だよな。
「でも瀬戸が寝てるなんてめずらしいね」
「いや、寝てないけど」
「そっ？　でも机に突っぷしてたでしょ」
「ああ。まぁ、寝てたわけじゃないけど……そうだな」
「まぁ瀬戸が寝てても寝てなくてもどっちでもいいけどね。

あたしから見える視界は変わんないから」
「どーいう意味だよ？」
「いつでも視界良好って意味。黒板もよく見えるし」
「……それ、おれが身長低いってことを遠まわしに言ってるな？」
「いや、ダイレクトに言ったつもりだけど？」
　おれは思わずするどい視線を向ける。
　けど、秋月は変わらず愉快そうに微笑んでる。
　なんてヤツだ。
　人のコンプレックスをあざ笑うなんて……。
　その時、ふと気がついた。
　知らず知らずの間に、お互いを呼び捨てで呼んでるってことに。
　いや、聞きまちがいか？
「ねぇ、瀬戸」
　ほら、やっぱり呼んでる。
「なんだよ、秋月」
「昨日さー……」
　おれも秋月も自然とお互いを呼び捨てで呼んでいた。
　彼女はいつもどおりの様子で、なんてことない世間話を始めている。
　……そっか。
　なにも気取らなくても、よかったんだ。
　そう思った瞬間、おれの中に今まで感じたことのないような澄んだ感情が心を満たしていくのを感じた。

そうか。こうやって少しずつ距離を縮めていけばいいんだ——そう思って。

　日々過ぎていく中で、おれはどんどん秋月という人間を知ることとなる。
　とにかく普段は寝ていることが多い。
　休憩中に勘太郎が話かけにきたり、たまにやってくる友達と仲よさそうに会話したり、お昼は女子と食べるから別のクラスへ移動するけど、それ以外、基本は寝ている。
　さすがに実習や体育では寝てないけど。
　むしろ寝れない、っていったほうが正しいんだろうな。
　実習とかの授業で秋月がいる班は、いつも笑いが絶えない気がする。
　それはきっと、秋月が男女問わず人当たりいいからだと思う。
　寝ている時でも話しかければちゃんと会話に参加してくれる。
　だから人と話すのは嫌いじゃないんだと思う。
　話しかけても、なんだかんだ面倒くさそうにしつつ、彼女は嫌な顔はしないし。
　いろんな秋月を知れば知るほどおれは欲深くなっていった。

　この席になって1ヶ月ほど経ったある日、おれは思いきって賭けに出た。

「おれと、文通しない？」
　思いついた、って感じで言ったけど、本当はずっと前から考えていた。
　そんなこそこそと計算して行動する自分自身にげんなりしつつ、話をどんどん進めていく。
「ほら、文章書くと国語の勉強にもなるだろ？」
　あきらかに秋月の顔は曇り、これでもかというくらい眉根にシワを刻んでる。
「なにそれ、めんどくさい」
「なんだよ。ノリ悪いなぁ」
　秋月はそう言うだろうと思っていた。
　裏表のない性格で、思ったことをつい口に出してしまう性格の彼女は、遠まわしに言うってことはしないと思ってたから。
　話は平行線。
　ひたすら言葉の攻防戦が続く。
　なかなか"うん"、とは言わない秋月。
　むしろずっと"面倒くさい"という文字を顔に貼りつけている。
「タダでとは言わないから。おれが取ったノートで手を打つってのはどうだ？」
「なにそれ？」
「秋月が寝てた間の授業のノート。テスト前に写させてやるよ、教科問わず。なっ？　これでどうだ」
「んー……」

初めて手応えらしきものを感じることができた。
　これはチャンスだ。
　ここで一気に押しきろう。
　そう思ってさらに詰めよった。
「損はないだろ」
　考えてる、考えてる。
　秋月は授業中も寝ていることがある。
　ノートなんてまっ白だろう。
「でもさ、なんで文通なのよ？」
「だからそれはさっき……」
「そうじゃなくって、それなら交換日記とかでもいいわけでしょ？」
　なんだそりゃ。手紙はだめで、日記ならいいのか？
　第一……。
「人の日記なんか読んでなにが楽しいよ？」
　それに、日記ではだめなんだ。
　手紙でなくちゃ、だめなんだ。
　どうしても、おれは秋月を承諾させる必要があった。
　そしてそれは、ただの手紙でもだめだ。
「ただ文通がしたいって言ってるんじゃないんだ。手紙にはちゃんとテーマがあるんだ」
「テーマぁ？」
　秋月はあくびまじりにそう言った。
　いい加減、この話に飽きてきたんだと思う。
　けどおれのこのあとのセリフに、秋月の目はパッチリ見

ひらくことになる。
「テーマはズバリ、恋文限定！」
　そう。
　恋文でなければ、意味がない。
「……それってつまり、ラブレターってこと？」
「イエス！」
　指をパチンと鳴らして笑ってみると、目の前に座る秋月の表情がどんどん曇っていく。
　不快なものでも見るように。
「やだよ、そんなの。全然意味わかんないし、面倒くさい」
「ホント、思ってることはっきり言うよな……。少しぐらい悩んでくれてもいいじゃねーかよ」
　どうやって秋月を丸めこもうか。
　たしかにこんなの面倒くさいに決まってる。
　けど、それをあえてやろうとしてるんだから、どうにか秋月をうんと言わせなければならない。
「絶対おもしろいと思うんだけどなぁ」
「なにをもってそう思うのかがわからない」
「昔の人は手紙を書くことで想いを伝えてきたわけだろ？でも今、おれも秋月もそれが不得意なわけだし……」
「まぁ……というか、書くことだけじゃなくて国語自体が不得意なんだけどね」
　試行錯誤しながら会話を続けるが、なかなか折れてはくれない。
　こうなればなりふり構わずあの手この手で攻めてみるし

かないか。
「そう言うなよ。少なくともおれは楽しめて、秋月はノートのコピーが手に入る。お互いにとっていいことだろ？」
「……うーん」
「おれ、国語は苦手だけどほかの教科はそこそこできるんだ。テストのヤマなんかも教えるぞ？」
「ううーん……」
　おっ、悩みだした。
　もう少し、あとひと息。
　そう思っていたのは、おれだけではなかったみたいだ。
「……せめて、もうひと声」
　秋月のこのひと言に、おれは奥の手を差しだした。
「よしっ、大盤振る舞いだ！　1手紙につき、1お菓子贈呈でどうだ!?」
「うーん……」
　……あ、あれ？
　いい感じに押せたと思ってたが、これでは押しが弱すぎたか……？
　けどこれ以上、なにができるだろう。
　なにを言えば、秋月はこの話に乗ってくれるんだろう。
　なんか、ハラハラしてきた。
　おれの一世一代の命運がかかった大勝負。
　その結果は——。
「……よし、乗った！」
　そう言って、秋月は右手を差しだした。

……おれは、満面の笑みを浮かべた。
　差しだされたその右手を間髪を入れず握り返し、空いた左手は思わず机の下でガッツポーズを決めていた。
　——かくして、おれと秋月のラブレター交換は始まった。

　しかし……、苦労してやっと交渉成立させたというのに、いざペンを握ると一文字も進まない。
　なにを書いてもどこか胡散臭い。
　なぜだ……。
　はぁ、とため息をついてベッドにもたれかかる。
　おれはどうしても秋月と文通がしたかった。
　日記ではダメなんだ。
　どうしても手紙でなくてはならないと思ったから。
　おれの想いを伝えるには、これしかなかった。
　勘太郎はいつまで経っても、秋月とは友達だと主張する。
　けど、あいつの行動はいつも、言葉とは裏腹に見えるんだ。
　まあ、その気持ちはわからなくもない。
　だからおれもなにも言わないし、ましてや宣戦布告みたいなバカなこともするつもりはない。
　これはもう、お互い様だ。
　たとえ秋月が本当は勘太郎のことを好きだとしても、それでもいい。
　そのことに関しては考えるだけムダだ。
　だから、おれは手紙を書こうと思った。
　冗談まじりで、読んだところで本気だと思うはずもない

ラブレター。

お遊びだっていいんだ。

秋月がそれでおれのことをキモいと思ったとしても……いや、すでにこんな提案をしている時点で思ってるに違いない。

けど、それでもいい。

だってこれは、おれの行き場のない――本当の気持ちなのだから。

そして、1週間もかけて書いた言葉はたったのひと言。
"好きです"

たったのこれだけ。

初めはちゃんとした文章だった。

けれど何度も何度も書きなおし、頭を抱えて考えなおし、絞って捻って……そうして出てきた言葉はなんてことのないシンプルなものだった。

けど、そのシンプルな言葉におれの半年以上の気持ちを託した。

笑われるだろうか。

それとも気持ち悪いと思うだろうか。

10分の1……いいや、100分の1くらいでいい、おれの想いが届くだろうか。

"好きです"

――おれは、ずっと君が好きでした。

あれから何度となく手紙を交換した。

初めに書いたおれの手紙はみごとなまでに目の前で破かれ、突き返されたけど……。
　前日なんか寝れなくて、いつもより1時間も早く学校に行って、ツヤコの机の中に手紙を忍ばせたというのに。
　ビリビリと乾いた音を立てながら手紙が裂かれてくのを見て、ああ……それが答えなのかもしれない、と思った。
　おれの気持ちは一方通行で、届きもしない。
　擦りもしない。
　きっとそういうことなんだと思った。
　それでもおれは手紙のやり取りを続けた。
　初めはたとえ偽りだとしても、それでもいつか振りむいてくれることを願って。
　手紙を書いている間だけはおれのことを考えてくれている……そんな不確かな希望にすがり、文章を考えめぐらせている間に、綴る言葉に、ツヤコの心が本当の恋ではないかと勘ちがいしてくれることを願って。

　——偽りが、いつか真実になってくれることを夢見て。

　少しずつ少しずつ。
　どうか。
　想いが募ってくれますように。

「あ、雪だ」
　どおりで寒いと思った、なんて言いながら小さく丸くな

るツヤコ。
　女子ってどうしてこんなにも寒がりなんだろう。
　制服のジャケットの上からあったかそうなコートを羽織り、さらに首もとにはグルグルに巻いたマフラー。
　さすがに着こみすぎじゃないかと思うんだが。
　そう思うけど、ツヤコはそれでも小刻みに震えてる。
　ハムスターとかそういった類(たぐい)の小動物が身を縮めて丸まっているように見えて、思わず笑ってしまった。
「なに笑ってんのよ」
「いや、べつに」
　眉根を寄せたツヤコは小首を傾げながらまっすぐおれを見つめる。
　だけど、木枯(こが)らしが吹くとすぐにまた、小さくなった。
「あたしさ、アキが好きなんだよね」
「…………え？」
　なんだ、急に。
　いつものツヤコらしからぬ告白に、おれは思わずたじろいだ。
　いや、うれしいけど。
　不意打ちすぎて心臓が跳ねあがるほど、うれしいけど。
　……でも、今の流れでなんでそんな話に？
　そんな疑問はツヤコが放った次のセリフですべてがおれの勘ちがいだと理解した。
「だって秋って季節の中で一番美しいって思わない？」
「あ、季節の話か」

なんだ。そうか……。
　ツヤコが突然、しかも恥ずかしげもなくそんなうれしいこと言ってくれるわけないよな……。
　うん、知ってた。
　知ってたけど、人というのは都合がいい方向に物ごとを捉えようとするんだと思う。
　今のおれのように。
「でも、春のほうが暖かくて昼寝にはもってこいだろ？」
「そうだけど、秋って繊細な感じがしない？　これから寒い季節がやってくる。そんな匂いを醸しつつ、世界が紅色に色づいていく様がとても美しいと思うんだよね」
　そう言って震えながらも笑ったツヤコが、なにより美しいと思った。
　寒さのせいで血の気が引いた肌は白く、天然チークに彩られた頬はきれいなピンク色。
　顔の半分近くをマフラーに埋もれさせつつ、笑っている。
　ツヤコを抱きしめたいと思う衝動をぐっと抑えて、んっ、と左手を差しだした。
　するとためらわずに、差しだした手を握り返してくれるツヤコ。
　手袋越しの、彼女の小さな手。
　その手を引いておれは歩きだす。
「小腹空いたな。なんか食べにいくか」
「えっ、スターツスイーツおごってくれるって？」
「いや、それは言ってない」

「ちっ」
「おっ、口笛なんか吹いてご機嫌じゃんか」
　言いきった瞬間、愛らしい瞳はするどくも愛のある視線でおれをにらみつける。
　そんな視線を受けながら、おれは空を見あげた。
　ハラハラと降ってくる小さくて細かい雪。
　なんか、白くはかないものを見てると、ふいにセンチメンタルな気持ちになる。
　思い返してみればおれの想いも、こんな雪みたいだと思った。
　この学校に入学して、ツヤコを見つけた。
　いつも眠そうにしているクラスメイト。
　その存在が気になって、気づけばいつも目で追っていた。
　初めは興味本位だったのかもしれない。
　けど、いつしかそれは──恋に変わっていた。
　雪のように少しずつ降りつもった想いは、気づいた時にはおれの心を縛りつけ、動けなくしていた。
　やるせない一方通行の想いに凍りついていた感情は、きれいなもののようで、冷たく苦しいものだった。
　──あの、手紙をもらうまでは。
　紙ひこうきに乗せた、ツヤコの想い。
"好き"
　シンプルだからこそ、疑った。
　けれど、シンプルだからこそ、おれの心を解かしてくれた。
「……仕方ない、今日はスターツスイーツ食べに行くか」

「えっ！　うそ!?　やったー！」
　寒くて凍えていたことなんてすっかり忘れたって顔して、ツヤコは満面の笑みをこぼす。
　ほんと、単純なヤツだよな。
「いや、おごるとはひと言も言ってないけどな」
「ちっ！」
「おっ、今度は鼻歌かよ」
「これは舌打ちだ！」
　そう言って憤慨(ふんがい)するツヤコの手を引いて駆けだした。
「そうと決まれば早く自転車取りに行くぞ。あの店混んでるからな」
「えー！　走ったら寒いじゃん！」
「寒いから走るんだろうが」
　ブツブツ言いながらもおれの手をしっかり握り、つられて走るツヤコは本当に寒そうだ。
　鼻の頭をまっ赤にさせながら、風を受けて走るツヤコを見ていると、朗(ほが)らかな気分になってくる。
「なぁツヤコ」
「んー？」
「またラブレター書いてくれるんなら、今日おごってもいいけど？」
「えっ、やだ！」
　なんだよ、即答かよ。
　ちょっとくらい悩んでくれてもいいと思うけどな。
「書いてくれるなら、またお菓子用意するし」

「ん〜…………」
　お菓子というエサをちらつかせても、なかなかうん、とは言わない。
　ツヤコって案外強情だよな。
　そんなに嫌かよ。
　谷底みたいな深いシワを眉間に寄せながら唸りつづけている。
「やっぱり、ダメ。書きたくない」
「なんでだよ」
「なんでって……。だってもう片想いじゃないじゃん？」
　そう言って染めた頬は、寒さからくるものではないだろう。
　……なるほど。
　それを聞いておれは自分に問いかけてみた。
　今、ツヤコにラブレター書けって言われたら、あの時みたいに書けるだろうか、って。
　考えた瞬間に答えは出た。
　うん、おれは書けると思う。
　だっておれの気持ちは、あの時からなにも変わってない。

"好きです"

　あのひと言を綴った時と同じ。
　今も変わらず、ツヤコが好きだから。

【fin】

出典
注1：後撰和歌集　巻九　恋一　参議等
注2：古今和歌集　巻第一　春歌上　47　素性法師

あとがき

　初めまして、浪速ゆうと申します。
　このたび、第10回日本ケータイ小説大賞の優秀賞をいただき、文庫化していただきました。
　わたしの初めての書籍となる「妄想ラブレター」をお手に取ってくださり、本当にありがとうございます。

　このお話を読んだ方の中で、ふたりの恋はとても初々しいというコメントをいくつかいただきました。コメントをくださった方、本当にありがとうございます。確かにふたりはとても初々しいですよね。
　中学生の頃に一度だけ、わたしもラブレターを書いたことがあります。好きな人の事を想うと胸がいっぱいになって、胸の奥が甘くて苦しくて……。だから思い切って手紙を書きました。今思えば、とても甘酸っぱい思い出です。わたしはもう大人ですが、今でも恋をするとあの頃の気持ちが蘇ります。
　場数を踏めば色んな感情をコントロールする事ができるようになるかもしれません。ですが、それでもうまくいかないのが"好き"という気持ち。

　シンプルなのに、言えない。
　シンプルだから、伝わらない。

妄想で書いたラブレターの中には侍が出てくるような時代や、和歌も引用しました。
　調べてみて思ったことは、どの時代になっても、恋をするとみんな同じ。悩むし、想いを募らせてドキドキわくわくするし、時に切なく、時に苦しむ……。
　ツヤコが書いたSFチックなラブレター。あれは未来を描きましたが、きっと未来へ行っても想いは変わらないのではないかと思います。

　たくさんラブレターを詰め込んだので、ひとつでも気に入ったものがあれば嬉しいです。

　最後になりますが、お話を読んで下さった方、応援して下さった方。皆様のおかげで賞をいただくことができました。
　担当者様、初めてのことでなにもわからないわたしを支えてくださって、ありがとうございました。
　この本に関わってくださったすべての皆様。本当に感謝の思いでいっぱいです。ありがとうございました。

                                2016.4.25　　　浪速ゆう

この物語はフィクションです。
実在の人物、団体等とは一切関係がありません。

浪速ゆう先生への
ファンレターのあて先

〒104-0031
東京都中央区京橋1-3-1
八重洲口大栄ビル7F

スターツ出版(株)書籍編集部 気付
浪速ゆう先生

妄想ラブレター

2016年4月25日　初版第1刷発行

著　者　　浪速ゆう
　　　　　©Naniwa Yuu 2016

発行人　　松島滋

デザイン　カバー　　高橋寛行
　　　　　フォーマット　黒門ビリー&フラミンゴスタジオ

ＤＴＰ　　株式会社エストール

編　集　　丸井真理子

発行所　　スターツ出版株式会社
　　　　　〒104-0031　東京都中央区京橋1-3-1　八重洲口大栄ビル7F
　　　　　ＴＥＬ　販売部03-6202-0386（ご注文等に関するお問い合わせ）
　　　　　http://starts-pub.jp/

印刷所　　共同印刷株式会社
Printed in Japan

乱丁・落丁などの不良品はお取替えいたします。上記販売部までお問い合わせください。
本書を無断で複写することは、著作権法により禁じられています。
定価はカバーに記載されています。

ISBN 978-4-8137-0089-0　C0193

ケータイ小説文庫　2016年4月発売

『ひとりじめしたい。』sAkU・著

中学卒業と同時に一人暮らしをはじめた美乃里。ところが、ある事件をきっかけに、隣に住むイケメンの蜜が食事のたびに美乃里の家に来るようになる。その後、蜜は同じ高校に通う1コ上の先輩だとわかるが、奇妙な半同棲生活は続き、互いに惹かれ合うように。だけど、なかなか素直になれない美乃里と蜜。さらに、ふたりの前にはつねに邪魔者が現れ…。
ISBN978-4-8137-0087-6
定価:本体590円+税　　　　　　　　　**ピンクレーベル**

『ハムちゃんが恋したキケンなヤンキー君。』*メル*・著

風邪を引き、1週間遅れて高校に入学した公子。同じく休んでいた後ろの席の緒方と仲よくなりたいと思っていたけど、彼は入学早々、停学になっていたヤンキーだった！ ハム子と名前を読み間違えられたあげく、いきなり付き合えと言われて!?　危険なヤンキー君にドキドキしちゃうのは、なんで…？
ISBN978-4-8137-0088-3
定価:本体590円+税　　　　　　　　　**ピンクレーベル**

『ひまわりの約束』白いゆき・著

高校に入学したばかりの彩葉は、同じクラスの陸斗にひとめぼれする。無口でいつもひとりでいる彼にアプローチするが、全然ふりむいてもらえない。実は陸斗は心臓に病気を抱えていて、極力人とのかかわりをさけていたのだ。それを知った彩葉はもっと彼を好きになるが…。切なさに号泣の恋物語。
ISBN978-4-8137-0090-6
定価:本体590円+税　　　　　　　　　**ブルーレーベル**

『にじいろ』咲坂ジュン・著

中2のヒカリは、親友レナへの嫉妬心から、学校裏サイトで彼女の悪口を爆発させる。それが原因でレナは自ら命を絶つことに。以来ヒカリは「人殺し」の汚名を着て、灰色の日々を送る。やがて心優しい藤堂と出会い恋をするが、幸せも束の間、驚くべき彼の過去が明らかになっていく…!?
ISBN978-4-8137-0091-3
定価:本体550円+税　　　　　　　　　**ブルーレーベル**

ケータイ小説　好評の既刊

『あなただけを見つめてる。』sara・著

過去のイジメが原因で内気になり、目立つことなく高校生活を送っていた葵。ところが、クラス替えで出会った人気者の朝陽に、本当の自分を隠しているのを見抜かれ、ふたりは親しくなる。自分にはない明るさを持った朝陽に心惹かれた葵は、彼の"あるひとこと"で自分を変えようと決意するが…。
ISBN978-4-8137-0075-3
定価:本体590円+税

ブルーレーベル

『最後の世界がきみの笑顔でありますように。』涙鳴・著

網膜色素変性症という目の病気に侵された高3の幸は、人と関わることを避けて生きていた。そんな時、太陽みたいに笑う隣のクラスの陽と出会う。いつか失明するかもしれない恐怖の中で、心を通わせていくふたり。光を失う幸が最後に見た景色とは…？　ラストまで涙なしには読めない感動作！
ISBN978-4-8137-0081-4
定価:本体570円+税

ブルーレーベル

『だって、キミが好きだから。』miNato・著

高1の菜花は、ある日桜の木の下で学年一人気者の琉衣斗に告白される。しかし菜花は脳に腫瘍があり、日ごとに記憶を失っていた。自分には恋をする資格はない、と琉衣斗をふる菜花。それでも優しい琉衣斗に次第に惹かれていって…。大人気作家・miNatoが贈る、号泣必至の物語です！
ISBN978-4-8137-0076-0
定価:本体590円+税

ブルーレーベル

『青空とキミと。』*Caru**・著

高1のあおは中学の時に、恋人の湊を事故で失った。事故の原因は自分にあると、あおは自分のことを責め続けていて、ずっと湊だけを好きでいようと思っていた。しかし、屋上で湊を想い、空を見上げている時に、2年の遥斗と出会う。あおは遥斗に惹かれていくけど、湊のことが忘れられず…？
ISBN978-4-8137-0062-3
定価:本体530円+税

ブルーレーベル

ケータイ小説文庫　2016年5月発売

『手の届かないキミと』蒼井カナコ・著

地味で友達作りが苦手な高2のアキは、学年一モテる同じクラスのチャラ男・ハルに片思い中。そんな正反対のふたりは、アキからの一方的な告白から付き合うことに。だけど、ハルの気持ちが見えなくて不安になる恋愛初心者のアキ。そして、素直に好きと言えない不器用なハル。ふたりの恋の行方は!?
ISBN978-4-8137-0099-9
予価：本体500円+税
ピンクレーベル

『どうしても、声に出せない(仮)』cheeery・著

友達も彼氏もいて、何も不満のない高校生活を送っていた高1の友梨。だが、実は自分の気持ちを声に出せない自分に嫌気がさしていた。そんな友梨の前に現れたのは、思っていることをなんでも言える太陽。太陽が本物の友情とは何か、教えてくれて…。大人気作家cheeery初の書き下ろし作品！
ISBN978-4-8137-0101-9
予価：本体500円+税
ブルーレーベル

『あなたを知りたい(仮)』蒼月ともえ・著

中3の春、結は転校生の上原に初めての恋をするが、親友の綾香も彼を好きだと知り、言いだせない。さらには成り行きで他の人と付き合うことになってしまい…。不器用にすれ違うそれぞれの想い。気持ちを伝えられないまま、別々の高校に行くことになった2人の恋の行方は…? 感動の青春物語！
ISBN978-4-8137-0100-2
予価：本体500円+税
ブルーレーベル

『あなたがいたから。』如月双葉・著

家庭の問題やイジメに苦しむ高2の優夏。すべてが嫌になり学校の屋上から飛び降りようとしたとき、同じクラスの拓馬に助けられる。拓馬のおかげで優夏は次第に明るさを取り戻していき、ふたりは思い合うように。だけど、拓馬には死が迫っていて…。命の大切さ、恋、家族愛、友情が詰まった感動作。
ISBN978-4-8137-0102-6
予価：本体500円+税
ブルーレーベル

書店店頭にご希望の本がない場合は、
書店にてご注文いただけます。